한국 희곡 명작선 101

4·19혁명 60돌을 위한 진혼곡

봄 꿈 (春夢) • 14장

한국 희곡 명작선 101

봄 꿈 (春夢) · 14장

노경식

평민사

봄꿈(春夢)

노경식
10월 6일 오후 11:43 · Facebook for Android ·

나의 自畵像

80평생 쌓은 塔이
광대놀음 글일레라

세상사 둘러보고
역사를 찾아보고

묻노라 太平煙月은
어디쯤에 있는가.

2017년 丁酉 10월 3일 開天節 --

4·19민주혁명의 위대한 英靈을 기리며

下井堂 노경식

나는 어느덧 산수(傘壽)의 나이 80 고개를 넘어섰고, 여기에 셋이 더 보태졌다. 지난 3년 전(2019)에 제8희곡집『봄꿈·세 친구』를 출간할 때 신작 〈봄꿈〉(春夢)을 함께 넣었는데, 요번에 다시금 평민사의 「한국희곡명작선 101」에 상재하게 되었으니 고마운 마음 그지없다.

〈봄꿈〉의 소재는 4·19민주혁명이다.

1960년 4월 19일은 4·19혁명의 역사적이고 뜻 깊은 날이다.

그사이 60년의 긴 세월이 흘러갔으며, 그런데 4·19의 역사적 진실과 의의는 잊다시피 우리들은 건성건성 살아왔었다. 4·19는 민주주의의 확립 및 공정과 정의의 실현과 자유인권의 회복을 위한 장엄한 첫걸음이며 위대하고 빛나는 업적이다. 지난번 제8희곡집의 '책머리에'(머리말) 글을 여기에 옮겨 싣는다.

'… 나는 대학시절에 두 번의 크나큰 국난(國難)을 겪었다. 대학 3학년 때의 「4·19혁명」과 4학년의 「5·16군사쿠데타」. 4·19민주혁명은 나도 대학생 시위대로서 서울 거리를 누비면서 큰 목소리로 민주주의를 절규하고, 피 묻은 시민과 젊은 학생 열사들을 대학병원 영안실에서 눈물과 분노로 목도하였으니, 이른바 나는 〈4·19세대〉임이 분명하다. 허나 4·19 이듬해 5월에 발생한, 불과 1년만의 5·16군사쿠데타는 민주주의와 자유인권의 모든 것을 유야무야 만사휴의로 만들어 버리고 말았다. 청천벽력 같은 뜻하지 않은 군사반란 때문에 민주혁명의 찬란한 역사는 우리의 문학 예술사에서 그 형상화의 창작기회 및 시간과 광장(廣場)을 놓쳐 버리고, 흔적도 없이(?) 사라져서 오늘날까지 이르렀다는 생각이다. 그러므로 4·19 소재의 문예작품을 찾아보기란 눈 씻고 봐도 지난한 일이 되고 말았다. 부끄럽고, 진실로 서글프고 한심스러운 현상이다. 해서 나는 사계(斯界)에 몸 담고 있는 한 사람으로서, 내가 체험했던 4·19혁명의 생생한 소재를 극화하고 싶다는 것이 십수년래의 꿈이요 나만의 소망이었다. 그러다가 늘그막에 인제 와서야 기필(起筆)의 용기를 내게 되었던 것이다. 비록 둔필(鈍筆)일망정 불초 작은 나의 지성(至誠)으로 알고 가상히 여겨주기를 바란다. …'

〈봄꿈〉은 어둡고 험난했던 시대를 배경으로 창녀촌의 일그러진 생태와 정치적인 헛된 구호가 난무하는 연극입니다. 서민들의 진솔한 삶과 따뜻한 인간애를 묘사하고자 한다. 그리하여 인간과 사회에 대한 희망과 꿈을 도처에서 발견하고 새로운 삶을 감지하고자 합니다. 그것은 곧 인종과 계급과 국경을 넘어선 인간가족의 보편적 가치 인 휴머니즘에 다름아닙니다.

저어 하늘나라에 60여 년 전 앞서 떠나가신
위대한 민주열사를 기리며,
그대들 빛나는 영령의 명복과 안식을 기원합니다!!

2021 辛丑年 歲暮(12월 30일)
서울 성동구 청계천변 '마장동 집'에서.

차 례

봄 꿈
(春夢)

·

14장

등장인물

포주 아저씨 (40대)
강릉댁 (30대 후반)
두 자녀 (아들 순철 국민교 4학년, 딸 순실)

난 희 (21세 및 70대 노파, 1인 2역)
미 영 (26)
정 자 (18)
영 숙 (19)

차윤호 (대학생, 경제과)
청 진 (대학생, 철학과)
종 만 (대학생, 국문과)

흑인아들 (50, 군의관 아버지 역을 겸한다)
지게꾼 황씨, 펨푸아줌마, 가죽잠바(형사), 펨푸총각, 영진오빠(군인)

기타 창녀, 술꾼, 경찰 및 행인들 다수

＊1 : 포주아저씨는 바른쪽 다리를 약간 절뚝거리는 지체장애자.
＊2 : 난희의 20, 70대 이중역은 관객이 보는 앞에서, 흰 머리털의
　　　가발을 덧쓰고 벗고 함으로써 변용하는 것이 무방하다는 생각
　　　이다.
＊3 : 4·19혁명의 시위군중은 출연배우 모두 참여한다.

때와 곳

1959년 겨울부터 1960년 4·19 무렵까지

무대

무대는 전체적으로 크게 두 부분으로 나눈다.
무대 바른쪽은 서울역 건너편의 '양동(陽洞) 사창가(私娼街)'. 경사
진 언덕배기에 초라하고 낡은 집들이, 전후 좌우의 골목길을 따라서
빼곡히 자리잡고 있다.
한식 기와집과 일본식 구가옥 및 임시방편의 루핑 판잣집 등등.

이들 집의 안쪽 뒤에는 현대식 4층 건물이 보란 듯이 멋지게 서 있으며, 건물 유리창에는 '당구장' 표지의 빨강과 횐공 그림. 그리고 '서울다방'과 '중화요리 萬里長城' 등의 간판이 걸려있다. 골목길에는 몇 군데 돌계단이 있으며, 가로등(街路燈)도 서 있다.

길가에 면하고 있는 포주아저씨의 집은 허름한 일본식 2층가옥. 좁은 마당 한쪽에는 수도꼭지가 꽂혀있는 샘터와 빨래줄, 돌담 밑에는 채송화와 맨드라미의 꽃나무 몇 그루가 싱싱하게 자라고 있다. 긴 마루가 놓여있는 이래층은 안방을 중심으로 바른쪽이 부엌, 왼쪽은 가운데마루를 사이에 두고 '아가씨'가 기거하는 방 두 개가 나란히 붙어있다. 그리고 가운데마루의 좁은 층계를 올라가면 2층에도 방이 두 개 있어서 각각 '아가씨'의 몫이다. 아래층은 영숙과 끝방의 미영, 2층은 안쪽에서 정자와 난희 등.

무대 왼쪽의 넓은 공간은 연극의 진행에 따라서 여러 곳의 장소 변화를 생성한다.
'통술집' '남산 팔각정' '대학교 앞의 대로변' '병원의 수술실 침대' 등.

무대의 안쪽 호리젠트는 영사막이 설치되며, 무대장치는 간략하게 양식화하고 필요한 대소구를 적절히 활용한다.

다만, 8장 ~ 10장은 제4대 정부통령의 '자유당' '민주당'의 선거벽보와 플래카드가 몇 곳에 나붙어 있으며, 11장에서는 그것들이 일부 찢겨지고 바람에 너덜거린다.

서장

(영상) 인천국제공항 및 활주로. 국제여객기 한 대가 굉음을 울리며 착륙하는 모습.

서울 수유동에 자리잡고 있는 '國立四一九墓地' 전경

트럼펫의 진혼곡이 은은히 울리고, 하얀 소복을 입은 노파(난희)가 50대의 흑인아들과 함께, 어떤 '○○○ 墓' 앞에 꽃다발을 바치고 다소곳이 묵념한다. 이윽고 그녀가 묘지 옆에 앉으며, 담배 한 개피를 꺼내 문다. 흑인아들이 라이터로 담뱃불을 붙여준다. 그녀는 시원하게 연기를 내뿜는다. 청명한 봄 하늘에 흘러가는 흰구름을 올려다본다. 따뜻한 봄바람과 숲에서 들려오는 멧새 소리…

아들　(주위를 둘러보며, 혼잣말로) 소원 풀었습니다, 마마!

난희　…(손수건으로 눈물 끼를 찍어내고, 가볍게 코를 푼다)

아들　코레아의 수도 서울 역시 뉴욕만큼이나 큰 모양이죠?

난희　…

아들　여기 4·19묘지는 서울에서 어느 쪽 방향입니까?

난희　미아리고개 넘어서, 북쪽이지, 머. 옛날 1950년에 일어난 한국전쟁 때는, 슬픈 유행가 〈단장의 미아리고개〉라는 노래도 있었단다.

아들 '단장의 미아리고개'?

난희 (입속으로 웅얼웅얼) "미아리 눈물고개, 님이 넘던 이별고개…" 6·25전쟁 때 쇠사슬에 꽁꽁 묶여가지고 이북 땅으로 납치돼 간 남편, 사랑하는 '허즈밴드'를 그리워하는 슬프고 한 많은 가요였어요. 내가 이 유행가를 입속으로 흥얼대면, 너의 파파는 싫어했단다. 뭐, 신세 처량하고 따분하게 그따위 노래를 좋아하느냐고? 호호…

아들 마마의 애인이었습니까?

난희 애인? 호호. 나하고는 전혀 상관없는 전쟁 때의 슬픈 사연이에요… (미소 지으며) 마마가 지금 이야기 하고자 하는 4·19는 그런 참혹한 전쟁이 끝나고 나서 7년쯤 뒤에 일어난 '4월혁명' 사건이란다. 한국 사람들 모두가 찢어지게 가난하고, 헐벗고 배고프고, 더럽고 불쌍한 세월이었지. 그와 같이 서글픈 시절이었는데, 나 같은 주제에 언감생심, '하늘같이 높은 대학생 애인'이라니 당치도 않아요! 그날 내가 죽을 둥 살 둥, 시위대에, 데모 못 나가게 붙잡았더라면 그 대학생이 총 맞아 죽지는 않았을 게야. 경찰들이 쏜 총탄에.

아들 지난 1960년 봄의 사건이었으니까, 수많은 시간이 흘러갔군요!

난희 그래요. 어느덧 반백 년도 훨씬 넘은, 60년 전의 일이로구나. 까마득한 옛날 이야기! 내 나이 70 고개를 넘고 80을 바라보게 됐으니까, 검은 머리털이 파 뿌리같이 하얗게 세고, 요렇게 쭈글쭈글하게 늙었고 말씀이야. 호호. 그래도 산 사람은 어떻게든지 살아가는 법이고, 죽어서 말없이 땅속에 묻혀버린 인간만이 억울하고 불쌍해요! 해마다 4월 19일 그날이 오면 나는 미국 땅에 살면서도, 꼬박꼬박 그 님을 위해서 하느님께 기도했단다. 파파의 양해를 얻어서 파파와 함께, 더불어서 함께 묵상하고 기도를 올렸어요 아무리 세상살이가 어려울 때라도, 한 차례도 빠뜨리지 않고 말이다…

아들   허허. 우리 파파는 이해심 많고 선량한 인간이었군요!

난희   … (머리를 끄덕인다)

이때, 흰나비 한 마리가 어디선가 날아와서 노파의 어깨에 내려 앉는다. 아들이 그것을 발견하고,

아들   (호기심으로) 맘, 흰나비가 날아와서 어깨에 붙었어요. 날갯짓을 사뿐히 하면서…

난희   그래애, 어디? (고개를 젖히면서) 내 눈엔 안 보이는구나.

아들   맘의 왼쪽 어깨 언저리에 말입니다.

난희   봄날의 흰나비는 죽은 사람의 혼령이란 말이 있단다!

아들   그럼 그 옛날에 돌아가신, 죽은 대학생의 영혼인가요? 허허.

난희   아무렴! 호호…

(영상) 흰나비가 하얀 저고리의 어깨 위에서 훨훨 아름답게 날갯짓한다.

1장

(서울역 건너편의 '양동 사창가')
서울역의 기적소리 길게 울리고, 열차의 쇠바퀴 멈추는 소리 '덜커덩 덜커덩'…
그리고 열차 승객들의 소음과 잡다.

전기 불빛이 이집 저집 흐릿하고, 골목길의 가로등 불빛 아래는 창녀들이 늘어서서 껌을 질근질근 씹어대며 손님 끌기에 부산하다.
지나가는 행인들…

"놀다 가요, 아저씨!"
"쉬었다 가요, 학생!"
"총각? 총각, 숏타임도 오케이!… 돈 없으면 학생증 맡기지, 머."
"이 가시내야, 학생증은 안 된단말야. 시계 맡겨라, 시계 맡겨요. 대학생이 시계 한 개도 안 차고 그러냐? 호호"
"얘, 가난한 대학생이 팔뚝시계가 어디 있냐! 낄낄낄…" 등등.

무대 안쪽에서 두 젊은이가 등장, 좌측 앞쪽으로 가로질러간다.
창녀 둘이 냉큼 달려들어 그들의 팔을 각각 끼고 나선다.

창녀 1   자, 들어가요!

창녀 2   놀다 가세요?

젊은이 1   (익숙하게) 얘, 요것 봐요. 왜 앞길을 가로막고 그러냐?

창녀 1   (애교부리며) 우리 여보, 놀다가. 아이!…

젊은이 2   (당황하며, 창녀2에게) 아니야. 우리는 이곳에, 친구집 놀러왔어요…

젊은이 1   (가로채고) 야, 뭘 놔라 내 친구? 시방 한탕 치고 돌아가는 길이다. 신나게 '떡치고' 말야. 허허. 그래서 힘도 빠지고, 지금은 맥이 탁- 풀렸어요!

창녀 2   (그의 등짝을 손바닥으로 한껏 치고 돌아선다) 쌍… 가그라, 임마!

젊은이 1   아니, 저것이?

창녀 2   (시비조로) 야, 올 테면 와봐라! 한판 붙어볼래? 요리 와, 엉?

젊은이 1   (픽 웃고 돌아서며) 자- 가자! 저것들이 부러 시빌 거는 거야. 손님 끌기 위해서. 그러니까 한바탕 잘 끝냈노라고 둘러대는 것이 상책이란다! 요럴 때는… 허허. (친구의 손을 끌고 사라진다)

이때, 중년의 지게꾼 황씨가 술 취해서 고래고래 소리치며 등장한다.

지게꾼   '못살겠다 갈아보자!' 대통령과 부통령 선거, 제대로 뽑자. 이승만 독재자, 대통령은 물러가라!…

창녀 1   애개개. 황씨 아저씨 또 고주망태 됐네.

창녀 2 애국자 나왔다, 애국자 나왔어. 호호.

지게꾼 뭣이어, 요년들아? (지게 작대기로 휘젓는다. 창녀들 낄낄대며 피한다) 요것들아, 나라 살림살이가 잘돼야 느그도 잘 산단말여. 쌩(생) 몸뚱이 안 팔아묵고… 못살겠다 갈아보자! 갈아보자. 으윽, 으윽… (퇴장)

(영숙의 방)

전등 불빛이 켜지고, 손님과 싸움질이다.

영숙 (그의 웃옷을 잡아채며) 야 요 새끼야, 옷 벗어! 땡전 돈 한 푼도 없는 것이 오입했냐? 요런 도둑놈의 새끼. 머머, 빈 지갑 속에 돈 들었다고? 자, 봐라, 임마? 돈이 지갑 속에 어디 있냐? 새끼야, 돈 없으면 첨부터서 외상이라고 그럴 것이제, 왜 사기는 처묵어? 임마, 당장 옷 벗어요. 누구는 새끼야, 흙 파묵고 장사헌다냐. 내 것은 공것이냐? '공씹'이어!…

사내 … (머리를 쿡 처박고 까딱도 않는다. 암전)

2장

난희   (해설) 사람이 한세상을 살아가자면 궂은 일 좋은 일들이 수백 수십 가지입니다. 나는 그 중에서 평생 잊히지 않는 이야기 하나를 해드릴까 합니다. 이 늙은 것이 그 대학생을 맨처음 상면하게 된 것은 4·19가 발생했던 그 전년도, 바로 그해의 추운 겨울날이었습지요. 그 시절에 나는 서울역 정거장의 건너편에 있는 사창가에서 몸뚱이를 팔고 살았습니다. 시쳇말로 '똥갈보' 신세!…

(난희의 방)
아래층 안방에서 괘종시계가 새벽 5시를 친다.
윤호는 이불 속에서 일어나 벽에 기댄 듯 앉아서, 단편소설 한 부분을 눈으로 흥미있게 읽어보고 있다.
그의 곁에는 난희가 잠옷(슈미즈) 바람으로 이불을 뒤집어쓴 채 잠들고 있다. 그녀는 육감적이고 피둥피둥한 육체를 뒤척이면서, '아이고, 아이고' 잠꼬대까지 한다.

윤호   아가씨, 아가씨!

난희   …

윤호   (흔들며) 아가씨, 잠 깨요?

난희	으응?
윤호	아가씨, 술이 깼소? 제 정신 들어요? 장사하는 여자가 '올 나이트' 받아놓고는 고주망태라니! 나는 '긴밤손님'이야, 임마. 그대는 그 점을 잊었어요? 허허…
난희	… (부시시 일어나서, 눈을 비비고 살며시 웃는다)
윤호	아가씨, 물 좀 마시자! 나, 마실 물 한 그릇 줄래? 아까부터 목이 말라서 말야.
난희	뜨거운 물?
윤호	아아니, 냉수. 시원한 것.
난희	흰눈 내리는 추운 겨울철에, 찬 냉수라니!…

난희, 겉옷을 걸쳐 입고 나간다.
윤호는 다시 책을 읽는다. 그녀가 냉수 한 대접을 들고 다시 들어온다.

난희	자, 받아요? 아이고, 추워라!
윤호	오, 땡큐.… (꿀꺽꿀꺽, 물을 받아 마신다)
난희	(혼잣말로) 오늘도 날씨 춥고, 흰눈이 쏟아질 모양이죠? 올해는 눈이 많고 춥다면서… (그의 옆모습을 살짝 지켜본다. 사이)
윤호	왜?
난희	아무 것도 아니에요.
윤호	뭘, 사람을 그렇게 훔쳐보니! 내 얼굴에 검댕이라도 묻

었어?

난희 아 아니, 그냥… (웃음을 머금고, 물그릇을 다시 받아서 자기도 한 모금 마시고 구석에다 밀어놓는다) 그대는 참말로 이상한 남자다!

윤호 이상해, 내가? 뭣이, 어떻게 돼서?… (새삼 그녀를 빤히 본다)

난희 (혼잣말로) 참말, 별난 남자네요! 호호. 아가씨, 여자를 돈 주고 사놓고…

윤호 … (못들은 체 책에 눈길)

난희 (책을 은근히 빼앗아 윗목에 던지며) 왜 요롱코롬 일찍 깼어요? 지금은, 시방 꼭두새벽이란 말야.

윤호 … (마주보고 웃는다)

난희 … (겉옷을 홀랑 벗어던지고 이불 속에 기어들며, 앉아있는 준호의 허리를 껴안는다) 우리 한숨 더 자자! 기상시간은 아직 멀었어요. 어제 저녁 일, 나는 아무 것도 몰라요. 호호, 아무런 생각도 안 나!… (어린양하듯 한다)

윤호 진짜로 볼만 했었지. 아가씨가 가관이던데?

난희 (투정하듯) 아이, 싫어요! 내가 실수 많았지요, 당신님한테?

윤호 허허, 실수고 실례이고 괜찮아요. 사람이 술에 취하면, 어느 누구든지 마찬가질 텐데, 머.

난희 '바지씨'(남자 호칭), 미안합니다! 미안 미안, 진짜로! 그대에게 '써비스' 못해 줘서…

윤호 허허, 또 미안하다고? 어젯밤에도 계속해서 미안, 미안…

난희 미안 미안. '아임 쏘리, 아임 쏘리!…'

윤호	어릴 때 초등학교에서 '미안'이란 단어만 배웠나? 술기운이, 아직도 작취미성(昨醉未醒)인가?
난희	골치 아파요. 머리통이 띵– 해요!
윤호	어젯밤은 술이 과하던데? 내가 흉내 한번 내볼까? (짐짓 혀 꼬부라진 소리) "아저씨, 미안해요." "'바지씨', 미안…" "옷 벗으세요, '바지씨'!" "씨팔, 아래 빤쓰 벗으라니까? 얼른, 한탕 해치웁시다." "호호. 한탕 싸고(排泄), 빨랑빨랑 잠 잡시다요." "미안 미안. 미안해요, 술 취해서…"
난희	아이, 부끄러워. 싫어요, 싫어… (다시 껴안는다) 여보야! 여보, 여보?
윤호	내가, 그대의 '여보'인가?
난희	대답해 봐요… (다정하게 장난치듯) 여보오?
윤호	난 뭣이라고 대답하지?
난희	자기도 '여보' 하고 불러봐요. '여보오'…?
윤호	여보?
난희	'여보오'…
윤호	'여보오'…
난희	아이, 좋아라. 됐다, 여보야!… (또 한번 안긴다. 그제서야 윤호도 가볍게 안아준다. 사이) '여보 얼굴'을 똑똑히 좀 봐야겠다? 어제 저녁엔 몰라봤으니까. (그의 머리칼을 만지작거리며) 당신은 참말 멋져요. 그대는 미남이야. 우리 여보, 당신 멋쟁이! 호호… (그의 품에 다시 기어든다)
윤호	아가씨 이름은 어떻게 되지?

난희	아가씨가, 뭐야? 싫어요. 당신이면 당신이지!
윤호	으응, 그래. (짐짓 다정하게) 당신님, 아가씨 그대의 '함자'는?
난희	'난희…'
윤호	성씨(姓氏)는?
난희	윤(尹) 가. 윤난희.
윤호	'윤난희…' 집에서도 그렇게 불렀나? 이곳 '색시'들은 본명(本名)은 절대로 밝히지 않는다던데. 본 이름은 감춰두고 가짜로 말야. 심지어 어떤 여자들은 자기네 성씨까지도…
난희	뭐, 그럴 필요 있어요? 나는 그렇지 않아요. 굳이 바꾸고 싶지도 않구. '윤난희'는 가짜 아닌, 진짜 이름이에요.
윤호	윤난희! 이름도 멋지고, 그대의 얼굴도 예쁘고…
난희	우리 여보는?
윤호	내 이름을 말인가?
난희	으응.
윤호	(웃음을 머금고) 운전수야, 난! 나는 이름 없다. 저쪽에, 신촌 중랑교 간 시내버스를 운행하는 운전기사, 드라이버… 그런데 참, 어젯밤엔 왜 그렇게 많은 술을 퍼마셨지? 곤죽이야. 아주아주 '만땅'이고
난희	술, 마시고 싶어서 마셨지, 머. 특별한 이유는 없어요.
윤호	그렇게 취하게 술 마시면, 주인한테서 꾸중 들을 것 아냐?
난희	우리집 포주아저씨?
윤호	으응. 장사를 해야 할 생각도 해야지.
난희	씨팔, 싫은 소리 들으면 듣지, 머! 뭣이 무서워서. 누가 겁

나? 우리 같은 것이 체면 채리고, 염치 가리게 됐어요?

윤호   허허, 그것도 역시 말씀 된다!

난희   (벌떡 일어나 앉으며, 재미난 듯) 여보 당신, 내 '이바구' 들어볼래요? 어제 저녁에도 손님 '땡기기' 위해서 골목길에 나갔었지, 머. 그랬는디 겨울밤 날씨는 쌩쌩 춥고, 붙잡은 손님마다 모조리 퇴짜야. 씨팔, 기분 잡쳤지! 어제는 또 별나게 기분도 요상하고, 아랫주머니 속에 마침 3백 환이 들어 있었거든? 뜬금없이 술 생각이 떠올라요. 에라, 모르겠다! 막걸리나 한 대포 들자. 그래서 왕대포 넉 잔을 들이켰지요, 머.

윤호   왕대포를 네 잔씩이나?

난희   왜, 가시내 몸뚱이에 과분해요?

윤호   (짐짓) 아아니. 기특해서…

난희   에이! 왕대포 네 잔을 퍼마셨는디, 간에 기별도 안 가요. 배만 띵띵- 불러오고, 도무지 술 기분이 나야 말이지. 그래서는 구멍가게에 들어갔다. 주인여자한테 '쐬주' 한 병을 사가지고, 그대로 왕창 나팔을 불었죠, 머.

윤호   허허, '짬뽕'을 했었구만. 소주에 막걸리면 직통이지! 두 다리가 배배 꼬이고 휘청휘청… 그렇게 과음을 하면 안 돼요. 건강도 유념해야지!

난희   나 같은 홀바지 계집애가, 뭘?

윤호   무슨 그런 말을? 모든 인간은 한 사람 한 사람이 값지고 귀중한 존재라는 말도 있잖아? 하늘만큼이나 고귀하고,

한없이 위대하고 말야! 허허…

난희 (바싹 달려들며) 여보, 운전수 양반?

윤호 (의외인 듯) 으음?

난희 에이, 거짓부렁이! 당신이 뭐가 운전기사야?

윤호 허허. 내가 운전기사 아닌 것으로 보여?

난희 운전수는 아닐 거예요! 절대로…

윤호 왜?

난희 으음, 말해 봐요? 내 생각이 틀렸나?

윤호 시내버스 운전수야, 난. 허허.

난희 거짓부리! 말해 볼까? (그를 훑어보며) 당신이 어젯밤에 나한테 대한 친절함, 또 신사같이 얌전한 몸가짐, 그러고 또 요렇게 얌전하고 점잖은 말솜씨!… (그의 한손을 훔치듯 냉큼 붙들고) 호호, 이 손가락들 좀 봐! 운전기사 손등이 요렇게 보들보들하고 고와요? 혹시나 어느 회사 사무원이라면 또 모르겠다. 절대로 아니고말고. (어린양하듯이) 여보 여보, 당신은 운전기사 절대로 아니다! 아이, 대답해 봐요. 내 말 맞지요? 호호… (사이)

윤호 허허, 그렇다손치고, 『황순원단편집』. 이런 소설 책은 누가 읽나?

난희 누군 누구, 내가 읽지요. 낮엔 할 일도 없고 심심해서. 저쪽에 서울역에서 남영동으로 나아가면 헌책방이 하나 있거든요? 책방 주인영감에게서 소개 받고 사왔지요, 머.

윤호 황순원 선생은 좋은 소설가야.「목넘이 마을의 개」「별」

「독짓는 늙은이」… 특히 「소나기」 작품은 유명해요. 학교 교과서에도 나오고…

난희 황순원 소설가는 나도 알아요. 중학교 때 국어 시간에 배 웠어. 윤 초시 댁 증손녀 딸애가 불쌍하게 죽어요! 호호… 우리 여보는 진짜로 멋있구나. 우리 애인 한번 삼을까? 그 래요. 연애 한번 해요, 우리들! (윤호의 얼굴을 끌어안고 키스를 퍼붓는다)

이때 통금해제의 4시 사이렌이 적막을 깨뜨린다.

이어, 어깨가방을 멘 우유장수가 지나간다.

"따끈한 우유!…" "따끈한 우유나 쌍화차 사요." "쌍화차나 우 유!…"

3장

(아래층 주인의 안방)

한쪽 구석에 아침 밥상이 놓여 있고, 그 앞에 강릉댁과 어린 남매 순철과 순실. 조금 떨어져서는 포주아저씨를 중심으로 영숙과 미영이 둘러앉아 있다. 그들은 식사가 막 끝난 참이며, 주인아저씨는 치부책을 펴놓고 연필에 침 발라가며 돈 계산을 한다.

강릉댁   (아들을 보며) 학교 늦을라! 어서 빨리, 밥 묵고 나가그라.

순철   …

순실   오빠는 밥 묵기 싫대요!

강릉댁   밥 묵기 싫으면 숟가락 놓고, 책가방 메고 빨랑 가든지. (빈 그릇을 챙겨들고 부엌으로 퇴장)…

순철   (건너다보며) 아부지, 돈? 선생님이 월사금 갖고 오래요.

포주   돈 없다! 다음 주 월요일 날에 준다고 그래라.

순철   선생님에게 혼나요, 두 손 들고 벌서고, 청소당번 된단 말여!

순실   오빠, 쌤통이다. 히히.

순철   뭐야, 요것이? (주먹을 치켜든다)

순실   (부엌쪽에) 엄매, 오빠가 때려!

강릉댁   (소리) 느그들, 조용히 안 할래?…

포주   (들은 체 않고) 영숙이 너는 '숏타임' 손님이 둘이제?

영숙　네, 6백 환씩이에요.

포주　(웅얼웅얼 입속으로 계산) 6백 환이 둘이면 천2백 환에서 6백 환 하고, 또 '긴밤손님' 올나이트가 2천 환에서 5백 환 방세 빼고 1천 5백을 둘로 쪼개면 7백 환이라. 아까 6백 하고 7백이면 천3백 환. 영숙이는 1천3백 환이면 되는구나.

영숙　(한손 내밀고) 네, 맞아요. (포주, 돈을 세어 준다. 돈을 받아 쥐고 좌측 방문으로 퇴장)

미영　'숏타임' 4명에다가, '긴밤' 하나예요. 5백 환이 하나, 6백 환이 셋.

포주　5백 환이면 2백 환 허고… 3, 6은 18, 천8백 환에서 절반이면 9백 환. 그리고 '긴밤' 천5백 환에서 방세 5백 제하면 1천 환이라. 그러니까 2백, 9백, 더하기 1천 환. 모두 2천 1백 환이구나. 계산 맞지야?

미영　맞아요, 2천 백 환!…

미영, 돈을 받아서 다시 세어보고 역시 좌측 방문으로 나간다. 난희가 자기 방(2층)에서 내려와 방으로 들어온다. 밥상에 가서 젓가락질로 밥 먹는다.

순철　아버지 어머니, 학교에 다녀오겠습니다. (꾸벅)

강릉댁　(얼굴을 내밀고) 오냐, 우리 장남 아들 공부 잘혀라.

난희　순철아, 친구들과 싸우지 말고, 선생님 말씀 잘 듣고?

순철　으응. 히히… (책가방 메고 옆문으로 퇴장)

순실	왜 요렇게, 언니는 늦었어? 빨랑 내려와서 밥 안 묵고….
난희	너나 밥 많이 묵어요. 우리 순실이도 빨랑빨랑 크게, 응?
순실	호호. 엄마!⋯ (밥 그릇 들고 부엌으로 퇴장)
포주	(못마땅하여 난희 쪽을 쏘아보며) 난희야!
난희	(돌아보고) 네?
포주	대관절 너는 어쩌자는 거냐! 그놈의 술은 미쳤다고 퍼마셔? 할 말 있으면 하고, 불평 불만은 털어놔라. 어른새끼고 애새끼고 간에, 어른 말씀을 들어묵지 않는 것이 제일 못할 짓이다! 무슨 놈의 불만이 그다지도 많냐, 엉?
난희	(까딱없이, 흥미없는 댓구) 조심하겠어요!
포주	(꾸짖어) 난희 넌 잔소리 들을 때뿐이어. 소새끼가 돼서 그러냐, 곰새끼가 돼서 그러냐, 엉? 새벽 창문이 밝아오고 아침이 되면, 냉큼 털고 일어나란 말이다. 설사 손님이 붙잡고 놓지 않는다쳐도, "오늘은 빨래거리가 있습니다", "나 오늘은 '남대문시장'에 쇼핑 나가야만 돼요!" 하고 은근슬쩍 떨어버리는 것이어. 손님들이 기분 상하지 않게 요렁껏. 그래야만 다음번에도 또 손님으로 널 찾아올 수 있게 말이다. 나의 생각과 말씀이 틀렸냐, 시방?
난희	예, 알았어요. (숭늉을 한 모금 마시고 돌아앉는다) 그만해요, 아저씨! 똑같은 잔소리, 귓구멍 속에 딱지 앉겠어요!
포주	(말머리를 돌려) 헤헤, 우리 난희를 미워서 내가 그러겠냐? 죄다 니년을 위해서 하는 말인겨! 내가 시키는 대로 다소곳이 허고, 그러니까 어른 말을 귀 담아듣고 보면 잠자다

가도 시루떡을 얻어 묵는다고 옛날 말씀도 있다 이거여. 그래야만 니네들 살아가기가 편하고, 장차에 좋은 일도 발생하는거. 헤헤. 그 사내새끼한테 밤새도록 시달렸을 테니 오죽허겠나! 난희 너도 생각혀 봐라. 저쪽에 끝방에 있는 미영이년은 지난밤에도 2천1백 환 벌이어. 어서 빨랑 돈을 벌어갖고 빚 청산 모두 끝내고, 요 바닥에서 훨훨- 벗어날 수 있게끔 말이다. 그래가지고는 버젓이 새 남편 만나서, 자식새끼 풀풀 낳고 행복하게 살아봐야제. 안 그러냐? 헤헤. 그러니까 허송세월 하지들 말고, 열심히 열심히, 돈벌이에 온정신을 바치란 말이다…

난희 으흠… 고양이가 생쥐 생각하고 있네요! (코웃음치고 돌아선다)

포주 그러고, 얘 난희야?

난희 또, 뭐요?

포주 너, 옆방에 있는 2층에 한번 들어가봐라! 그 가시내도 어젯밤부터는 첫 손님을 받기 시작했다. 헤헤. 마수걸이로 '처녀 딱지'를 뗐어요! 그러니까 새로이 양장옷도 몇 벌 사 입히고, 미장원 데리고 가서 '빠마머리'도 만들어주고… (벽장에서 돈뭉치를 꺼내준다) 자아, 일금 3만 환이다.

난희 … (말없이 돈 받아들고, 좌측 문으로 퇴장)

강릉댁 (부엌에서 얼굴을 내밀고) 여보, 그렇게 닦달하고 야단치지만 말아요. 살살 쬐끔씩 달래주기도 하고…

포주 허허, 또 간섭이다. 임자는 가만히 처박혀 있그라. 내가 다

	알아서 해요!
강릉댁	그리고 미영이 저것도 빚을 갚아가는디, 새로 빚을 덧씌워야 될 것 아니우? 우리 집에서 못 빠져나가게…
포주	(발끈) 허허, 꼬치꼬치 챙견 말래두 그런다. 나도 생각 있어요. 집안에서 남정네가 허시는 일에, 여편네가 챙기고 간섭허고 나서는 게 아니어!
강릉댁	(뽀르퉁하여) 이 양반은 큰소리밖에 몰라! 아니 그래, 당신하고 조용하게 의논 한번도 못해요?
포주	허허, 저런 경을 칠 인간이 있나!… (불끈 주먹을 쥔다. 암전)

(정자의 방)

정자는 쭈그리고 앉아서 이불을 안고 훌쩍훌쩍 울고 있다.

가만히 난희가 미닫이를 열고 들어선다.

난희	니 이름이 '정자' 맞지?
정자	… (고개를 푹 박고 어깨를 들먹이다)
난희	울 것 없다, 애! 맨처음 첫날엔 나도 얼마나 서럽게 울었는지 모른다. 누군가 어떤 귀신한테 홀린 것 같기도 하고, 세상 사람들이 도둑놈처럼 무섭구. 하지만 인생이 살아가다 보면 별것 아냐! 그렇고 그렇지, 머.
정자	… (아직도 울먹울먹)
난희	너, 몇 살?
정자	(가까스로 눈물 훔치며) 열여덟이유.

난희	낭랑 십팔 세? 호호. 난 열아홉 살에 이 바다에 흘러들어
	왔다. 인제는 3년 세월쯤 돼가나? 그건 그렇고, 하나 물어
	보자구. 정자, 니년의 고향은?
정자	충청도 강경(江景)이유. 유명한 '논산육군훈련소'가 있는
	고을 옆에…
난희	으응, 그 육군훈련소가 있는 유명한 곳 말은 들어서 알고
	말고, 나도. 고향 땅에 부모님은 계셔?
정자	아부지는 농사꾼이고, 우린 딸만 다섯, 그리고 막둥이 남
	동생이 하나.
난희	오, 6남매.
정자	지는 둘째구요.
난희	남동생 막둥이가 귀엽겠구나! 큰언니는 뭣해?
정자	금년 봄에 결혼했시유!… (올려다보며) 언니는 고향이 어디
	대유?
난희	쩌어 경상도 바닷가 마산(馬山). 너 마산 알아?
정자	… (머리를 젓는다)
난희	마산에 찾아가도 난 '쥐뿔'도, 아무도 없어. 나는 혼자서
	야. 외톨이!
정자	왜요?
난희	어머니도 죽고 아버지도 죽고, 모두 죽었다!
정자	참말로 유감이네유!
난희	니년이 미안해 할 것 없구… 차차 알게 되겠지만, 나는 '아
	이노꼬'야!

정자　'아이노꼬'가 뭣이대유?

난희　'아이노꼬'는 말야. '튀기'를 그렇게 불러요.

정자　'튀기'요?

난희　'튀기'의 말뜻, 너는 모르지? '튀기'는 혼혈아, 잡종이란 뜻인데, 일본 말로는 '아이노꼬'야. '아이노꼬', 호호. 나는 어머니가 조선 여자이고, 일본인 남자 사이에서 태어났다. 일본 땅 오사카(大阪)에서. 그리하여 8·15해방이 되자, 우리는 한국으로 귀환하게 됐어요. 엄마의 친정집이 있는 경상도 마산. 그러니까 나의 외할머니 집(外家)으로 말이다. 내 여동생은 그때 네 살, 나는 일곱 살이었지. 그래서 일본인 아버지도 함께 따라오게 됐어요. 그랬는디 시모노세키(下關)에서 귀국선 배를 타고 현해탄을 건너오는 중에, 그 아버지는 푸른 바다에 떨어져서 죽고 말았지, 머!…

정자　오매, 맙소사! 어쩌다가 그와 같이 슬픈 일이…

난희　요런 이바구를, 내가 왜 끄집어냈지? 처음 만난, 생판 모르는 너한테 구질구질하게 말야! (사이) 그건 그렇다 치고 정자야, 그만 일어나라?

정자　왜요?

난희　밖에 나가서 서울 바람 쐬고, '남대문시장' 구경도 하고, 맛있는 것도 우리 사서 씹어보고… 애, 촌스럽게 그 낭자머리가 뭐냐? 오늘부터는 서울 서울 사람 되고, 생활에 적응하는 거야. 멋들어지게 살아야지! 호호.

정자　돈은 어디 있어서유?

난희　　걱정 마, 정자야. 내가 알아서 해결할 테니까. 오늘까지 보름 동안이나 이 집에서 먹고자고, 잠자고 똥 싸고 그것이 모두 돈 아니었냐? 요 집에서 외상값으로. 세상에 '공짜'는 없다, 너? 그래서 주인아저씨에게 빚더미 지고말야.

정자　　지가 몸값으로 빚 갚아주면 되잖아유?

난희　　그래, 맞아요! 호호. (손뼉까지 치고, 호주머니의 돈을 꺼내 보이며) 그러니까 포주아저씨가 요렇게, 또 돈을 빌려주는 거야. 촌스럽게 그 치마 저고리 같은 것 벗어 던져요. 새 양장(洋裝)으로 원피스 투피스 아름답게 사입고, 그리고 머리털노 싹둑 잘라내고, 지지고 볶아서 이쁜 '빠마머리' 하는 거야. 유행 따라 사는 것도 내 멋이지만, 꼬불꼬불 최신식으로…

정자　　싫어유, 싫어유! 그런 짓거리 하지 않을래유. 내가 주인아저씨한테서 그런 돈을 빌려유?

난희　　애가 촌스럽게 놀래기는? 고것이 세상 살아가는 방법이다, 임마. 돈이 없으면 빌려쓰고, 우리는 몸뚱이 팔아서 돈 벌어가지고 그 빚을 갚아주고. 그리고 또 그러다가 병이라도 나서 몸뚱이 아프고 돈 떨어지면 포주한테서 빌어다 쓰고말야. 세상은 돈이 돌고 도는 거야, 임마!…

정자　　…

난희　　(매질하듯) 야─ 임마, 가시내! 멍청이년, 바보야, 엉?… (정자의 양팔을 잡아 벌떡 일으켜 세운다. 암전)

4장

난희 (해설) 그럭저럭 살다 보니까, 추운 겨울도 지나가고 이듬해 봄 1960년이 밝았습니다. 나 같은 것들이야 돌아가는 세상 물정을 알 까닭이 없었고, 무관심하기도 했습니다. 1960년 초봄부터서는 대통령 부통령 선거에서 늙은 이승만 박사와 이기붕 씨가 다시 또 출마하고, 야당인 민주당 쪽은 조병옥 박사와 장면 박사 둘이 출마한다는 등등, 세상살이가 뒤숭숭했지요.

(골목길, 이른아침)
골목길 안쪽에서 멜대를 어깨에 멘 두부장수가 등장한다. '땡그렁 땡그렁' 종소리를 울리며…
집 안에서 강릉댁이 슬리퍼를 끌고 종종걸음으로 나타난다.

강릉댁 두부아저씨! 두부요? 여그 두부 세 모만 줘요!…

두부장수 허허, 안녕하셨어요?

강릉댁 예에. 오늘도 많이 팔으셨소?

두부장수 그러믄입쇼, 허허.

강릉댁 … (그녀의 들고 있는 양은그릇에 두부를 담아준다)

두부장수 그란디, 조병옥 박사님께서 돌아가셨어요! 오늘 아침 신문에 났습니다.

강릉댁　(놀래서) 예에! 누누, 누가요? 민주당 조병옥 박사님이?

두부장수　아직도 소식을 못 들었습니까? 라디오 방송에도 나오고… 쩌어 미국의 어떤 육군병원에서 돌아가셨답니다! 무슨무슨, 나쁜 수술을 받으시다가…

강릉댁　아이고, 원통해라! 원통해서 이를 어째. 대통령 후보님이 돌아가시다니요.

두부장수　그러게 말씀입니다. 원통하고 슬픈 소식입죠! 쯧쯧…

강릉댁　(안쪽에 대고) 여보, 여보! 순철 아부지? 조병옥 박사님이 죽었대요. 조병옥 박사께서 돌아가셨대요. 민주당 내동령 후보 조병옥 박사가 미국 땅에서…

포주　(창문을 벌컥 열고) 뭣이라고! 조병옥 박사가 세상을 떠나셨어? 아이고, 세상 망했다! 대한민국이 망했어요!… (여기저기 얼굴들을 내민다. 암전)

(영상) '민주당 대통령 후보 趙炳玉 博士 急逝' 신문의 톱기사, 김포공항의 비행기 트랩에서 손 흔드는 장면 및 조병옥 박사의 연설 장면 등.

(골목길의 통술집, 밤)
'서울역전 왕대포'의 포장 글씨 및 드럼통 탁자와 의자 몇 개.
차윤호와 청진과 종만 셋이 드럼통 의자에 둘러앉아서 대폿잔을 기울이고 있다.

종만 (취하여) 자아, 마십시다! 한잔 더 들어요, 엉?

윤호 어쨌거나 이승만 대통령은 운수 좋은 사나이다. 억세게 운수 좋은 늙은이! 나이가 80을 넘어서 낼모레 90인데…

청진 정확히, 만 85세.

윤호 그 늙은 나이에, 또 한번 대통령? 허허, '동해물과 백두산이 마르고 닳도록' 이구나! 천년만년, 영구히…

종만 옛날 옛적부터서, 황제와 임금님과 대통령은 하느님이 내리시는 것! 아무나, 누구든지 마음대로 못해요. 씨팔, 좆같다! 으윽, 으윽… (트림)

청진 그러니까 요것을 어떻게 해석해야 될까? 4년 전 정부통령 선거 때도 해공 신익희 씨가 꼴깍- 죽었거든? 해공 신익희 선생이 호남지역으로 지방유세차 내려가다가, 그 뭣이냐, 대전역 지나고 전라선 밤열차 속에서, 갑자기 심장마비로 돌아가셨단 말요. 그것도 대통령 선거일을 얼마 앞두고… 그런데 4년 후에도 또, 선거일을 한 달 앞두고 조병옥 박사께서 갑자기 서거하신 거야. 저- 멀리 미국 워싱턴D.C.에 있는, 무슨 월터리드 육군병원에선가 위암수술을 받다가 심장마비로 갑자기. 불시에, 뜻밖에 말입니다.

종만 윤호 형님, 그것 미스테리 있는 것 아닙니까? 혹시나 정치적 흉계라든지, 무슨 무슨, 무슨 악랄하고 무서운 정치적 음모 같은…

윤호 에잇 짜식! 그것은 헛소리다, 종만아.

청진 그건 그렇다치고, 시방 내 얘기는 말입니다. 지금이나 그

때나 똑같은 야당인사(野堂人士), 똑같은 민주당 후보, 똑같
이 심장마비로 죽어갔어요. 엊그제 2월 15일에. 바로 코
앞에다가 3·15정부통령 선거를 1개월 앞두고…

윤호 그것이 어쨌단 말이냐, 청진이 너는?

청진 4년 전에도 그렇고 요번에도 또 그렇게. 한 나라의 운수
란 것이, 그러니까 만백성의 '국운'(國運)일까요? 아니면 이
승만 대통령 개인의 타고난 천운(天運)이 좋아서일까? 시
방 차윤호 형님 말대로 억세게 천운이 있어서? 그렇다면
대한민국의 장래가 암담하고 백성들만 처량한 신세지요,
머. 허허, 좆도 씨팔이다! 4년 전 지난번에 해공 선생님 유
세 때는, 한강 백사장에 몰려든 청중이 30만 명이었어요.
꾸역꾸역, 인파가 개미떼 같이요. 단군 할아버지 이후 전
무후무해요. 하얗게 끝도 갓도 없이 30만 명 인파의 대장
관!…

종만 (두 팔을 번쩍 치켜들고 고함) "못 살겠다 갈아보자, 못 살겠다
갈아보자!" "이승만 독재 타도! 이승만 정권 물러가라!…"

윤호 누가 들을라? 종만아 조용해, 임마! 자, 자아… 한 대포씩
더 들자.

종만 그래애, 좋습니다. 허허. (세 사람 술잔 부딪치고, 쭈욱— 단숨에
들이켠다. 주방쪽에 대고) 주인아저씨? 우리 여그, 대포 하나
씩 더 줘요. 술 석 잔에다가, 그리고 간천엽 안주도 한 접
시 더?

주인 (소리) 예, 고맙습니다. 왕대포 셋 추가, 간천엽 한 '사라'(접

시)요? (복창)

종만　아저씨, 오케이! 하하… (사이)

윤호　오늘 낮에, 〈한국경제론〉 강의 시간에 교수님이 그러더라. 지금 우리나라는 완전실업자 250만에, 잠재실업이 50만 명. 그리고 오갈 데 없는 불쌍한 전쟁고아 20만에다가, 해마다 연년이 시골에선 절량농가(絕糧農家) 300만! 그 많은 농촌 인구들이 고향을 등지고 대도시로 쫓겨 나와서, '도시빈민'(都市貧民)과 부랑아 거지들로 전락하는 거야! 일제 강점기 옛날에, 마치 조상 대대로 물려받은 문전옥답(門前沃畓), 내 땅을 일본놈에게 빼앗기고 두만강과 압록강 건너서, 쩌– 황량한 만주 벌판으로 쫓겨가듯이…

종만　그래 옳소, 맞아요. 백만 학도여, 궐기하라! 똑바로 정신 차려라. 깨어 있으라, 백만 학도여! 으윽… 그러고 보니까 어느새 우리도 4학년이 됐네요. 대학 졸업반의 4년생! 대학교 졸업하고 나서 사회에 나아가면 무엇을 해먹고, 그러나저러나 어떻게 살아간다? 내일의 전도가 양양한 것도 아니고, 답답하고 한심하다! 허허, 한심해… (술잔을 혼자서 들이켠다)

윤호　그래요. 정말로 앞길이 깜깜하고, 첩첩산중이란 생각이야!

청진　그것뿐입니까? 또 군대도 갔다 와야죠. 국민의 신성한 의무, 국토방위! 그래도 형님은 군대까지 마쳤잖아요? 1년 6개월짜리, '학보'(學補)로.

윤호　군대 복무를 마친 것이 자랑이고, 무슨 벼슬이냐?

청진 종만이 니놈과 난 졸업하고 나서 입대해야 하니까 3년짜리. 앞으로 3년 동안은 군대 가서 푸욱- 썩는 것입니다요. 허허.

종만 그러므로 '오등'(吾等)은, 매달 나오는 『사상계』 종합지밖에 안 읽는다! 그 중에서도 소설가 황순원의 연재소설 「나무들 비탈에 서다」…

청진 짜아식, 누가 국문과 학생 아니랄까 봐서? 임마, 종만이 넌 신문사의 '신춘문예' 준비나 철저히 해라. 그래가지고 배고픈 시인이 되든가, 훌륭한 소설가로 출세를 하시든지…

종만 애, 청진아? 너도, 연재소설 「나무들 비탈에 서다」 매달 읽어보고 있지?

청진 『사상계』 잡지는 대학생들의 필독서 아니냐? 요즘에, 언필칭 '인텔리겐챠'(intelligentsia), 지성인(知性人)이라면 말이다. '우울한 시대의 우울한 자화상'(自畵像) 같은 것!…

윤호 (회의와 냉소) 우리 같은 놈들이 '지성인', 인텔리겐챠? 허허, 웃기는구나. 19세기 제정(帝政)러시아 시대에 서구의 계몽주의 사상으로 똘똘 뭉쳐서, 철저하게 무장돼 있었던 그런 젊은 지성인들 말이냐? 어림도 없다, 어림없어요. 대한민국의 오늘날 젊은이들은 다르다. 우리는 그 같은 '인텔리'가 못된다. 우리는 '가방끈'도 짧고 모자라고, 철학과 실천력과 용기도 없어요. 뿐만 아니라 당장 코앞에 닥친 현실에만 안주하고, 무기력하고 말야. 우리는 제정러시아 그 시대 인텔리겐챠의 발바닥에도 못 따라간다. 한참 못 따라가지! 아암, 절대로 불가능이고말고. 허허…

종만 6·25전쟁 때, 최전선(最前線) 수색중대에서 동호와 윤구와 현태, 세 전우(戰友)들! (의자에서 일어나서, 수색군인 흉내로) '이건 마치 두꺼운 유리 속을 뚫고 간신히 걸음을 옮기는 것 같은 느낌이로군. 문득 동호는 생각했다. 산 밑이 가까워지자 낮 기운 여름 햇볕이 빈틈없이 내리부어지고 있었다. 시야는 어디까지나 투명했다. 그 속에서 초가집 일곱 여덟 채가…' 그 소설의 첫 구절이다. 멋들어진 명문장이지! 청진아, 안 그래? 참혹한 한국전쟁이 끝나고 살아남아서, 세 젊은이의 정신적 갈등과 불안, 허무와 절망의 정신세계를 적나라하게 묘파하고 있음이야! 하하, 으윽 으윽!… (헛구역질하고) 아저씨, 여그 술과 안주 안 줘요?

주인 예, 다 됐습니다. 나갑니다요!… (쟁반에 대포 세 잔과 간천엽 안주를 들고와서 그들 앞에 각각 놓는다. 그림자처럼)

(영상) 서울운동장의 '海公申翼熙先生國民葬' 장례식과 한강 백사장의 선거 유세 장면. 서울 거리의 긴 장례행렬 등 눈물과 통곡 속에, 金炳魯 대법원장의 울음 섞인 조사가 카랑카랑 길게길게 이어진다.

(목소리) "오늘 고 해공 신익희 선생의 국민장 식전을 거행함에 임하여, 대법원장 김병로는 사법부를 대표하여 삼가 조사를 드리나이다. 아아, 해공! 해공! 해공 선생은 가셨습니까! 어디를 가셨

다는 말입니까? 아무리 생각하여도 꿈과 같아서, 선생이 영원히
가셨으리라고는 믿어지지 않습니다. 해공 신익희 선생이여!…"

5장

(미영의 방, 낮)

미영은 방바닥에 엎드려서 편지를 쓰고 있으며, 난희는 한쪽 벽에 기댄 채 달력을 펴고 무슨 숫자 계산을 하고 있다. 그리고 영숙은 미영 가까이 앉아서 무료한 듯 헌 월간잡지를 이리저리 뒤적인다.

이윽고, 정자가 방안으로 들어선다.

정자 오늘 밤에는 '짜부(경찰) 비행' 없답니다! 걱정들 묶어놓으래유, 호호. 어제는 오늘 밤에 '순찰' 나온다드니, 오늘은 '완전취소'래유. 담당 파출소에서, 아까 살째기 연락왔다고 그래서… (난희 쪽으로 간다)

미영 지랄들 헌다! 엿장시(수) '꼴린'(기분)대로 요랬다가 저랬다가… (사이) 얘, 영숙아, 내 편지 들어볼래? (편지를 들고, 벌떡 일어나 앉는다)

영숙 그레라우. 한번 읊어보드라고, 잉? (사이)

미영 으음… (편지 내용) "사랑하는 심길수 씨! 존재없는 소인 여자가 쓸 줄 모르는 글 몇 자 올리겠나이다. 어느덧 당신과 작별한 지도 십여 일이 되어가는 모양입니다. 그간 기체후 일향 만강하옵신지요? 저는 그대의 하념지덕으로 잘

생활하고 있습니다. 그날 저녁은, 열시 반까지 오신다고
하여 기다리고 기다리다가 외롭게 그냥 잤습니다. 웬일인
지 그대의 모습이 영화의 활동사진 필름(름)처럼 아롱대며,
그 어딘가 머리 한구석에서 생생하게 아물거리는군요. 짓
궂은 운명 속에서나마 아득한 희망을 바라보며, 모든 짓
궂은 장애물을 무릅쓰고 인생길을 할딱거리면서 살아가
야 하는 기구한 운명 속의 가련한 여자 미영이랍니다. 아
아 – 진정한 웃음과 희망의 바다는 멀리 사라지고, 어두
운 함정 속에서 허우적거리는 이 몸뚱이를 구해줄 왕자님
은 그 누구인지? 나는 누구한테도 원망하지 않습니다. 더
러운 함정에 빠져있는 이 가련한 미영이지만 정신마저 썩
은 것은 아니랍니다. 그대는 지금 무엇을 하고 계신지 궁
금하군요. 아아 – 님이여, 보고 싶소! 얼른 돌아오십시오.
그러면 일기 고르지 못한 봄철 날씨에 몸조심 하십시오.
미영이는 빌고 또 빌겠습니다. 쓸 줄 모르는 글월이나마
양해하고 읽어주기 바랍니다. 그대의 건강과 행복을 기원
하면서, 이만 편지 글을 마치겠어요. 기다리겠습니다! 기
다리겠습니다! 심길수 씨, 그대를 사랑하는 미영 올림…"

영숙 (감동하여) 진짜로 미영 언니는 그만이네! 문학가도 되겠어
라우. 그렇제. 몸뚱이는 비록 썩었을망정 정신까지 썩은
건 아니고말고!

정자 언니야, 거시기 그 뭐죠? '짓궂은 운명 속에서나마…' 거
그 말이유. 그러고 나서, '아득한 희망을 바라보며 짓궂은

장애물을 무릅쓰고…' 그 대목은 참말로 멋지네유!

난희 미영언니는 여고(女高) 출신이고, 나 같은 여중생(女中生)은 가방끈 짧아서 턱도 없지, 머. 우리네 실력은 딴판이어.

미영 또 언니 앞에서 까분다! 너는 여중학교에서 우등생도 따 묵었다면서?

정자 그 심씨라는 남자가, 그란디 미영 언니를 사랑해 줄까요?

미영 (빙긋이) 에이, 바보! 누가 누구를 사랑한다고?

정자 그렇다면 왜, '사랑하는 심길수 씨' 그레유?

난희 정자 니년은 그래서 햇병아리어. 풋내기, 아직도 올챙이 가시내!

미영 정자야, 생각해 봐라. 그 사나이가 미군부대 PX에 직장 갖고 있다니까, 내 귓구멍이 솔깃해서 그런 것이다. 저쪽에 삼각지 있제? 그 용산에 있는 삼각지 미군부대. 코쟁이 양키부대 말야.

영숙 우리 미영 언니는 양키 PX가 어떻고, 그런 데는 도통 관심 없어요. 무조건 돈이 '이찌방'(제일)이어. 언니, 안 그래라우?

미영 사람은 내 수중에 돈이 있어야만 세상 사는 맛이다! 가만히 뜯어보니까, 그 남자 '바지씨'가 '오까네'(돈)는 좀 쥐고 있는 것 같드라.

정자 '오까네'가 뭣이유?

난희 '오까네'는 왜놈 말로 돈이란다, '돈'. 영어로는 '모니'고, 호호.

영숙 그 '바지씨'가 볼써 한 달도 지냈는디 시방도 안 나타나는 것은 무슨 이유가 있을 것이고, 또 맴씨(마음)가 변한 것 아니겠소?

미영 밑져봤자 본전이다, 머. 요렇코롬, 그래서 편지 쓰는 것 아니냐? 호호. 재미삼아서, 심심풀이로 띄워보는 것이제! (담배 연기를 길게 내뿜는다)

이때 펨푸아줌마가 마당에 나타나서 불러댄다.

펨푸아줌마 방안에 영숙이하고 미영이 있냐? 둘이 어서 나와라.

영숙 왜요, 아줌마?

펨푸아줌마 으음, 서울여관에서 색시 두 사람 찾는다. 얼른 싸게싸게…

미영 씨팔, 해도 안 떨어졌는디 대낮부터 지랄이야? 예, 알았어. 나갈게요. (편지와 펜 등을 주섬주섬 챙기고) 가자, 영숙아!

영숙 … (일어나서 재킷을 입는다)

미영 (발끈) 앞서 나가, 요년아!… (두 여자, 마루를 통하여 퇴장. 사이)

정자 언니 언니, 저- 미영 언니는 거창(居昌)이 고향이람서, 거창이 어디에 붙어있대유?

난희 정자 넌 궁금한 것도 많다. 거창이 어디 있어? 경상남도 거창 땅이지. 저- 지리산 가까운 동네. 미영 언니는 결혼에 실패한 여자란다.

정자 그 이약(이야기)은 들어서, 나도 쬐끔은 알고유.…

난희 6·25전쟁 때, 지리산 속에는 '빨갱이' 공비(共匪)들이 득

46

시글득시글 했어요. 그래서 우리 국군 부대와 전투경찰이 합동작전으로 '공비소탕'을 펼쳤단다. 그랬는디 거창 그 곳에 와서 주둔하고 있던, 어떤 이북 출신 전투경찰과 눈이 맞아서 연애결혼을 하게 됐어요. 갓 20살도 안된 처녀가 일찌감치 '속곳바람'이 난 것이다, 머. 그래갖고 새 신랑 따라서 서울까지 올라와 보니까, 거짓부리 '사기결혼'을 당한 것이어.

정자　(놀래서) 뭐 뭐, 사기결혼이라고? 아니, 왜유?

난희　왜는, 왜? 그 신랑놈한테는 눈 시퍼렇게 뜬 본마누라도 있었고, 어린 애새끼까지 버젓이 있더란다!

정자　요런 나쁜 자식! 하늘에서 천벌 받을 놈이네유… (두 주먹을 불끈 쥐고, 벌떡 일어난다. 암전)

6장

난희 (해설) 여기서 저는, 소녀시절 나의 '이바구'(이야기)를 간략히 하고 넘어갈까 합니다. 어머니의 고향 집 마산에는 외할머니 홀로 외롭게 살고 있었습니다. 나는 그곳에서 외할머니의 따뜻한 손끝에 양육되어 중학교까지 졸업했습니다. 그런데 그에 앞서서, 엄마는 혼자서 못살겠다고 부산으로 새남편을 얻어가고, 또 하나밖에 없는 여동생은 어느 부잣집의 '수양딸'로 보내졌습니다. 그러므로 외할머니와 단 둘이만 살아가는 중에, 할머니가 무슨 병으로 갑자기 세상을 떠나고, 나는 고아 신세가 되었지요. 외할머니 장례식 때, 엄마가 부산에서 찾아오고, 부잣집의 수양딸이 된 동생도 왔습니다. 내 동생은 그때 중학교 1학년이었는데, '삐까번쩍' 입성도 멋지고, 얼굴도 곱고 예쁘고 행복해 보였습니다. 그런데 그 부잣집에서는 나도 수양딸로 함께 가자고 말하고, 동생도 기쁜 마음으로 좋아좋아했습니다. "언니, 함께 가자! 우리 같이 가서, 함께 살아요, 엉?…" 그러나 나는 거절하고 엄마를 따라갔습니다. 그것은 내 어린 맘속에도 동생이 행복하게 잘 살고 있는데, 더 부살이로 나까지 얹혀사는 것은 동생을 불행하게 할지도 모른다는 생각이 살째기 떠올라서였습니다. 그때의 철부지 나로선 동생을 위해 기특하고 갸륵한 생각 아닌가요?
호호. 그런데 그 부산 의붓아버지는 특별한 벌이도 없이
찢어지게 가난했고, 어느새 자식새끼를 둘씩이나 갖고 있
었습니다. 그러므로 나는 엄마 집을 나와서, 밀양(密陽)에
있는 어떤 집의 '어린애 업어주는' 일로 입에 풀칠을 해결
했습니다. 그러나 그것도 반년 만에 그 집에서 뛰쳐나오
고, 다시 부산에 돌아왔습니다. 그리하여 부산 영도다리
근처에 있는 어떤 음식점의 식모살이, 부산역전에서 담배
와 껌팔이, 다방에서 레지생활, 닥치는 대로 안 해본 일이
없었습지요. 그러다가 "에라, 서울로 뜨자!" 하고, '서울바
람'이 나서 야간열차에 올라탄 것이 지금의 내 인생길이
되었습니다. 흔히들 하는 말로 나의 아픈 과거사를 소설
로 쓰자면, 아마도 두세 권은 충분히 되고 남을 겝니다!…

(골목의 앞쪽 모퉁이, 오후)
어린이 순철과 순실, 또 한 아이 셋이서 '고무줄 놀이'를 하고 있
다. 순철과
한 아이가 양쪽에서 고무줄을 길게 늘려 잡고, 순실은 한가운데
서 뜀뛰기를 한다.
동요 〈퐁당퐁당〉을 같이 부르면서.

"퐁당퐁당 돌을 던져라
　누나 몰래 돌을 던져라

냇물아 퍼져라 멀리멀리 퍼져라

건너편에 앉아서 나무를 심는

우리 누나 손등을 간지러 주어라…"

이때 난희가 밖에서 등장.

난희 니네들, 고무줄놀이 하고 있구나. 순실아, 언니도 한번 놀까?

순철 누나도 해요!

난희 좋아, 호호. 언니노 학교 때는 잘했어요. 운동선수처럼…

순실 그러면 언니는 나하고 '가위바위보' 해.

난희 자아– '가위바위보'… 언니가 이겼지, 순실아?

순실 으응. 언니가 먼저 해요.

난희 니네들, '퐁당퐁당' 노래 크게 불러?

난희는 고무줄의 한가운데서 뜀박질한다.

그들은 〈둥근 해가 떴습니다〉도 바꿔부르며 신나게 논다. 조금 길게… (암전)

시나브로 날이 어두어지고, 가로등에 불이 들어온다.

(골목길)

여기저기서 손님을 끌기 위해 창녀들이 그림자처럼 나타나고,

어떤 여자는 담뱃불을 붙여 입에 물고 한껏 긴 연기를 내뿜는다.

정자가 가죽잠바 차림의 형사 손에 붙들려서 윗골목에서 등장한다.
형사는 그녀의 어깻죽지를 바싹 움켜쥐고 있다.

정자　　(심한 충청 사투리로, 반항하며) 요것 놔유! 사람을 시방 잘못
　　　　봤시유? 나는 고런 여자가 아니어유.

가죽잠바　잔소리… 얌전하게 따라와!

정자　　아니어유. 사람 잘못 봤시유. 요것을 놓고 말씀허세유.

가죽잠바　파출소 가서 얘기하자니까?

정자　　전 죄 없시유. 아무 것도 나는 몰라유. 못 따라가요! (버틴다)

가죽잠바　자 자– 가서 얘기합시다. (더욱 잡아끌며) 허튼소리는 그만
　　　　치우고…

정자　　… (버틴다)

가죽잠바　으응, 형사에게 반항하는 거요? 이러면 공무집행 방해죄야!

정자　　… (그녀는 힘껏 버티다가, 그의 손아귀에 잡힌 웃옷을 순간적으로 벗
　　　　어던지고 골목 안으로 도망친다. 맨몸에 브라자만 걸친 채)

가죽잠바　아니, 이런! 허허… (빈 웃옷만 한 손에 들고 어이없어 한다)

창녀들　깔깔깔… (그 광경을 보고, 조롱하듯이 폭소를 터뜨린다)

가죽잠바　… (웃옷을 땅바닥에 버린다. 암전)

(난희의 방, 낮)
정자가 방에 들어와서 난희한테 바싹 달려든다.

정자	언니, 언니! 그렇게 달력 갖다놓고, 시방 뭣을 계산해유?
난희	(손가락으로 꼽아가며) 보면 몰라? 날짜 계산헌다… 열하나, 열둘, 열셋, 열넷, 열다섯… 그럴 일이 있어요.
정자	무신 계산인디유?
난희	호호… 정자 너, '달거리'란 말 알제?
정자	'달거리'! 세상 여자들이 매달 허는 고것?
난희	음, 월경(月經)말야. 그 '멘쓰'라는 것.
정자	그란디유?
난희	예전에, 어느 여성잡지 책에서 읽어봤는데 말이다. 여자들이 한 달에 한번씩 '멘쓰'를 할 적에, 아무 때나 임신이 되는 법은 없거든?
정자	여자는 '배란기'(排卵期)란 것이 있어가지고, 그때가 돼야만 임신하는 거예유. 여자와 남자가 접촉해서, 배란기 시기가 맞아떨어져야 임신이 성공할 수 있제, 머. 그건 나도 알어유.
난희	너도 알 것은 아는구나!
정자	그란디 고것은 뭣땜시… 난희 언니도 임신 여부가 걱정돼서?
난희	호호, 정자야? 그런 뜻이 아니구, '이쁜 아기'를 갖고 싶어서…
정자	'이쁜 아기'유?
난희	왜, 나 같은 여자가 애기 낳아서 기르면 잘못된 것이냐?

정자 (놀래서) 우리 같은 처지에 젖먹이가 무신 필요가 있어서. 언니도 생각해봐유? 여자들이 임신해서 애기를 갖자면, 무엇보다도 사내새끼 불알 '페니스'가 있어야 하고, 그런 남정네를 어디 가서 구해요? 남녀가 결혼해서 새신랑 새신부 되는 것도 아니고. 그와 같은 사건은 생각할 수도 없지유, 머.

난희 너하고 나하고는 생각과 뜻이 달라요. 나는 '대학생의 아기'를 가질 거야. 내가 좋아하는 어떤 대학생의 아기를!

정자 난희 언니, 시방 미쳤어유? 난희 언니는 제정신이 아니구만!… (암전)

7장

난희 (해설) 짧은 만남에 긴 이별이라더니, 대학생 차윤호 님과
내가 만난 것은 반년 동안도 채 안 됩니다. 4·19 나던 해
전년도 12월 달엔가 만나가지고 4·19 그날에 세상을 떠
났으니까, 12월, 1월, 2월, 3월, 4월(손 꼽아보며), 겨우 다
섯 달, 5개월 가량 되는군요. 그러고 나서 우리의 긴 이별
은 반백년도 훌쩍 흘러갔습니다그려. 새까만 머리털이 하
얗게 파 뿌리처럼 변하고, 포동포동 윤기 있는 살갗도 쭈
글쭈글 요렇게 늙어갔습지요! 그 대학생은 술이 한잔 들
어가고 시간이 나면, 친구들과 어울려서 마지못한 듯 우
리네 사창가에 찾아들곤 했습니다. 한 달에 한 번, 아니면
두 번 정도의 만남이 이루어진 셈이지요. 너나없이 어렵
고 힘든 그 시절에, 가난한 대학생이 돈이 어디 있었겠습
니까? 호호. 더구나 차윤호 학생은 친구와 함께 단칸방을
얻어서 잠자리를 해결하였고, 무슨 시간제 아르바이트인
가 하는, 중학생 집에 가서 아이들을 가르치는 것으로 자
취생활을 영위하고 지냈답니다…

(난희의 방, 밤)
차윤호가 방바닥에 엎드려서 잡지를 읽고 있다.

모표 없는 학생모를 눌러쓴 펨푸총각이 밖을 지나가며 작은 목소리로 전달한다.

펨푸총각 '짜부비행! 짜부비행!…' 밖에 나오지 마세요. 짜부들 떴어요!…

이윽고, 골목길을 군경검(軍警檢) 합동순찰반이 저벅저벅 지나간다. 그리고 조금 지나서, 난희가 작은 투가리(질그릇 단지)를 안고 고양이 걸음으로 바깥계단을 올라오는 모습이 보이고, 강릉댁이 뒤안에서 나와 그녀를 제지한다.

강릉댁 너, 누구여! 난희 아니냐?

난희 깜짝이야. 놀랬잖아요!

강릉댁 장독대에서 뭣을 도둑질하는 거여?

난희 도둑질은…

강릉댁 어디 보자구?

난희 호호. 장독에서 요렇게 김치, 쬐끔을 담았어요!

강릉댁 묵은김치는 왜?

난희 이따가 얘기할게. 그럴 일 있어서요. 호호… (계단을 올라서 방으로 들어선다)

윤호 … (부시시 일어나며 잡지를 한켠에 엎어놓는다)

난희 윤호 씨, 윤호 씨? 내가 김치 쬐끔 훔쳐왔어요. 호호. 묵은김치가 요렇게 세 포기야! 내일 아침에 집에 들어갈 때 갖

고 가요, 엉?… (윗목 구석에 잘 놓는다)

윤호   뜬금없이 묵은김치는?

난희   본인이 자취생이라면서? 가난한 대학생이 김치 같은 거 있어요? 호호… (괜히 들떠있는 기분)

윤호   경찰관들이 출동한 모양인가?

난희   응, 군경검 합동단속반! 집안에서는 문제없어요. 괜히 한 번씩 그래요. 그까짓 거, 미리미리 사전정보로 알려주는디 합동단속이 되겠어요?

윤호   그런 정보는 누가 알려줘?

난희   짜고 치는 '고스톱'이지, 머. 지네들이 은근슬쩍 알려주고, 잡아갔다가는 다시 또 풀어주고. 양쪽이 주고받고, 그래야만 '떡고물'이 떨어져요! 호호.

윤호   허허, 악어와 악어새 관계구나! 부정부패를 주고받고 말야. 쌍방간에 주고받고 또 받주고, 부조리와 부정부패의 확대재생산으로.

난희   (관심없이) 우리는 신경 쓸 것 없어요. 세상살이, 그렇고 그런 것 아니유? (책을 집어들고) 요것, 잡지는 뭐예요?

윤호   종합 시사(時事) 잡지 『사상계』.

난희   『사상계』 시사잡지? 나는 모르는 이름인데…

윤호   난희는 몰라도 된다. 읽기에 어려울 수도 있으니까, 허허.

난희   … (이리저리 펼쳐본다)

윤호   그런데 말야. 너는 소설 같은 것 읽기 좋아하잖아? 그 속에, '동인문학상 후보작'이라고, 단편소설이 실려있다. 홀

륭하고 재미있는 작품이야. 단편소설 「오발탄」(李範宣)인데, 읽어봐요 한번. 국문과 내 친구에게서 얻어왔지. 난희 그대를 생각해서.

윤희 생각해 줘서, 귀로 눈물 나네요! 호호… (책을 잘 둔다) 으음, 그건 그렇고… 참, 윤호 씨? 차윤호 씨, 윤호 씨! 인제사 생각났다. 우리 남산(南山)에 올라가요? 요렇게 기분 좋은 봄밤에, 산보라도 한번 하자, 엉?

윤호 밤중에, 남산에 올라가?

난희 왜, 어때서? 으음, 그대와 내가 아름다운 봄밤에 '데이트'를 즐긴다! 우리들의 아름다운 데이트, 호호… 여그서 남산은 가까워요. 저쪽에 후암동 해방촌에서 올라가면. 시원한 봄바람 속에 사꾸라꽃도 피고, 진달래와 개나리도 만발하고… 아이, 빨랑 일어나요? (냉큼 일어나서, 벽에 걸린 그의 웃저고리를 챙긴다) 자, 자아, 빨리 어서요?

윤호 주인아저씨가 아무 잔소리 않을까?

난희 상관없어요. 당신은 '숏타임' 아니고, 오늘 저녁에 '긴밤손님'이니까 말야. '올나이트', 호호…

윤호 … (부스스 일어나서 그녀를 새삼 본다. 옷을 받아입고) 그래애, 나가자! 남산에 올라가면, '팔각정'(八角亭)이라는 게 있지, 아마?

난희 그 '팔각정'은 나도 알아요.…

난희가 앞장서 계단을 내려가고, 윤호가 뒤따른다.

남산 길을 따라서 걷는다. 나란히, 마치 연인처럼 다정히 손을 잡고. 무대를 구불구불 길게 돌아서, 무대 중앙의 안쪽 '팔각정'에 도착한다.

(영상) 남산의 서정적이고 아름다운 밤 풍경

난희　… (말없이 양팔을 치켜들고 한껏 기지개를 한다)

윤호　… (이리저리 서울 시내를 조망한다. 사이)

난희　(혼잣말처럼) 대학생 애인을 둔 여자애는 얼마나 행복할까!

윤호　뜬금없이 무슨 소리?

난희　잠깐 동안, 그런 생각이 들었어요.

윤호　싱거운 소리는 하지도 마라.

난희　나는 배운 것도 부족하고, 천한 직업의 가시내이고말야!

윤호　나는 그렇게 생각지를 않는데?

난희　그것은 또 무슨 말뜻?

윤호　허허… 딴 이야기 하자. 난희는 고향이 마산(馬山)이라고 했던가?

난희　윤호 씨는 전라도 남원(南原) 땅? 남원은 한 번도 가본 적 없어요.

윤호　마산은 나도 만찬가지야. 한 번도 가본 적 없다.

난희　마산은 아름다운 바닷가예요. 멍게와 해삼과, 우럭 복어 같은 해산물이 풍부하게 나오는. 그리고 〈가고파〉 노래 있죠? (웅얼웅얼) "내 고향 남쪽바다 그 파란 물 눈에 보이네…"

윤호 그 유명한 가곡은 나도 알고 있어. 남원은 성춘향(成春香)으로 유명한 「춘향전」의 무대란다. 그 발상지로서.

난희 「춘향전」 이야기를 모르는 한국 사람이 어디 있어요? 나도 알아요.

윤호 미천한 늙은 기생 퇴기(退妓)의 딸이 사대부가 명문 집안의, 말하자면 귀족 출신의 아들놈을 사랑하는…

난희 그런 이바구가 사실일까? 옛날에 그런 사건이 있을 수 있어요?

윤호 허허, 몰라요. 가능하니까 그렇지 않겠어? (사이)

난희 (가까이 다가가며) 내가 대학생 차윤호 씨를 사랑하나봐!

윤호 왜?

난희 내가 말야. 요 난희가 대학생의 애인이 되면 안 될까? 그대는 훌륭한 인물이에요. 당신은 착하고, 참 좋은 사람! (어린양하듯) 내 말 맞지요? 그렇지?

윤호 그따위 싱거운 이야기를, 또 꺼내기냐? 허허.

난희 어째서요? 나의 속마음은 내가 속마음을 묵은 대로지, 머!…

다음 대사는 난희의 '환청'으로 한다. 그들의 목소리…

난희 (웃으며) 언니 언니! 미영 언니, 내가 대학생에게 반했나봐?

미영 (뱉듯이) 뭣이어, 요년아? 꿈 깨라, 꿈 깨!

난희　그 인물을 난희가 사랑할 거야!

미영　흥, 꿈을 깨요, 꿈 깨…

영숙　나는 그렇게 생각지 않아요. 우리들이 대학생을 사랑할 수도 있지, 머. 뭣이 어때서? 어디가 덧나나! 깔깔깔…

정자　나도 백 퍼센트 동감입니다! 영숙 언니 말이 진짜로 옳아요. 호호.

미영　요년들이 미쳤구만. 혼들이 나갔어! 요것들아, 오르지 못할 나무는 쳐다보지도 않는 것. 치마 말과 저고리 말이 엇비슷해야, 옷맵시가 고운 법이다.

난희　나는 '대학생 아기'를 하나 갖고 싶어요!

미영　뭐 뭐, 그 남자애의 자식을? 쯔쯔쯔, 갈수록 태산이다. 사랑하다 못해서 인제는 핏덩이 새끼까지? 시나브로 니년이 미쳐가고 있구나, 시방!

난희　미영 언니, 내 말 들어봐요? 그 대학생은 좋은 사나이야. 지난겨울에 처음으로 내 방에 왔을 때, 그 남자는 내 몸뚱아리에 손 한번도, 털끝 한 개도 손 안 댔어요. 난 술이 억수로 취해 있었고, 그런디 부처님 가운데 토막같이 꼼짝 않고 그냥 잠이 든 거야. 내 옆자리 이불 속에서. 요즘 세상에, 그런 남자애가 어디 있어요? 어떤 불알 달린 사내새끼가 그런 행동을 해! 언니 언니, 생각해 봐요? 똥갈보 집에 와서 하룻밤 화대를 지불했으면, 그만큼 실컷 즐겨야지! 니네들, 내 말씀이 틀렸냐? 한 가지를 겪어보면 열 가지를 알아요. 나는 그 대학생과 멋지게 연애하고 싶어요!

호호…

미영 (꾸짖어) 듣기 싫다! 꿈도 꾸지 말그라. 아니 그래, 똥갈보 계집년이 '하늘같이 높은 대학생'을 넘보겠다고? 허허, 서 글프다 웃는다. 어림 반푼어치도 없는 소리! 혓바닥이 길 어야 가래침도 멀리멀리 뱉는 법이다. 그따위 헛소리라면, 내 방에서 나가그라! 썩- 나가, 요것들아!

난희 '하늘같이 높은 대학생!'… (에코)

윤호 무슨 생각을 골똘히 해?

난희 아냐. 아무 것도 아니야!… (머리를 세게 흔든다. 사이)

윤호 내가 싱거운 농담 하나 들려줄까? 활동사진, 영화 얘긴데 말야.

난희 (건성으로) 으응, 해봐요.

윤호 영화에서, 어떤 부인이 남편한테 이혼당하고, 우리같이 남 산 팔각정을 올라왔어요. 그래서는 밤하늘의 별빛과 서 울 시내의 휘황한 불빛을 바라보면서 탄식했어요. 한숨과 눈물을 쫄쫄 흘리면서, "아아, 저 찬란한 불빛 속에서 내 가 살아야 할 집은 과연 어디이고, 왜 나는 이처럼 불행할 까!…"

난희 그래서요?

윤호 그랬더니 영화 검열심의관이 그 부분을 가위로 싹뚝싹뚝 잘라버렸대요!

난희 아니, 왜?

윤호   국부(國父) 이승만 대통령을 모시고 사는 사람들이, 글쎄 서울 시내를 내려다보면서 행복을 말해야지, 한숨과 눈물을 보이는 것은 있을 수도 없는 일이라고. 허허.

난희   호호… (그의 가슴을 파고들며) 난희는 그대를 사랑하고 싶어요!

윤호   … (말없이 내려다본다)

난희   차윤호 씨, 나를 힘껏 안아줘요! (두 사람의 포옹과 격렬한 키스. 암전)

8장

(포주집 마당, 오후)

미영과 정자가 수돗가에서 속옷과 타올 등 간단한 빨래를 하고,

난희는 마루에 걸터앉아서 담배를 피워 물고 있다.

미영과 정자는 적당한 때에 빨랫줄에 세탁물을 넌다.

한가하고 무료한 분위기. 여자들의 편안하고 일상적인 수다…

난희 영숙이는 밖에 나갔어요?

미영 순철이 엄마와 함께 갔다.

난희 왜?

정자 병원에 갔시유, 언니. 산부인과 의사한테… (바가지로 물을 퍼서 빨래를 헹군다)

난희 어느 병원인데?

정자 난 잘 몰러유.

미영 순철엄마, 강릉댁이 잘 아는 곳이란다. 자주 가는…

난희 그거 엉터리인데.

미영 아무려면 어때서? 의사면 의사지!

난희 미영언니, 돌팔이라고. 그거 의사면허증도 없이 엉터리 의사! 정식으로 의사면허증도 없어요.

미영 수술만 잘하면 되제, 머.

난희 아냐, 엉터리로 소문났어요. 병원에 갈려면, 서울역 뒤에 있는 '서울의원' 찾아가야 해. 그 돌팔이는 실수가 많아서 안 돼요. 얼마 전에도 잘못돼 가지고, 하혈(下血) 하고 난리났잖아요? 저쪽 집에 있는, 경상도 대구(大邱) 가시내도 말야.

미영 '소파수술'이 뭐가 어렵노? 잠깐 동안 누워서 '긁어내 뿌리면' 된다, 머.

정자 난희 언니, 거그는 병원비도 싸대유. 염가로…

난희 얼마인데?

정자 8천 환이야. 딴 곳에서는 2만 환이고.

난희 시끄럽다, 가시내야! 싼 게 비지떡이다.

정자 얼마나 싸고 좋아요? 수술비가 반값도 안 되는디. 호호…

미영 (꾸짖어) 정자, 니년도 조심혀라. 잘못 묵고 '체하지' 말고.

정자 여자가 '임신'을 막자면, 어찌 해야 돼유?

미영 고것은 저 난희에게 배워라!

난희 왜 나한테 배워요? 나보다는, 미영언니가 더 '뺀질이' 도 사면서…

모두 호호… (까르르 웃는다)

미영 (물 묻은 손을 치마에 닦으며, 마루로) 담배 한 대 줘라?

난희 응, 여기… (마루에 놓인 담뱃갑과 라이터를 밀어준다)

미영 (한 개피를 뽑아물고 불붙여서, 연기를 내뿜는다) 걱정 말그라. 그 의사놈도 개안타! 한 푼도 아껴 써야지, 우리가 무신 돈 있노? 그 수술비도 포주가 빌려주는 것 아이가? 재수 없이 '체하면', 우리한테는 죄다 빚이다, 빚!

난희   그것을 누가 몰라요? 돌팔이니까 걱정돼서 그렇지, 머. (사이)

정자   … (수돗가 빈 물통에 걸터앉아 하늘을 본다) 서울의 봄 하늘이 청명하고, 억수로 좋네요. 오늘은 '3·15 정부통령 선거' 투표 날! 골목길이 한산허네유. 찾아오는 손님도 없고. 호호… 오늘같이 대통령 선거는 '임시공휴일' 아니유? 모든 국민이 대통령 투표 많이많이 하라고.

미영   새 대통령 뽑는 날이니까, 엄숙한 마음으로 투표 참가를 해야제. 요런 사창가에 나타나서 '오입질'이나 하면 쓰겠냐?

난희   아이고매, 우리 미영언니 애국자 났다! '애국가' 났어요, 호호.

정자   그란디, 왜 우리는 투표권 없지유?

미영   니년이 '서울시민증'이나 있어? 주소도 없는 것들이.

정자   그렇다면 우린 선량한 국민도 아니네유!

난희   참, 정자 넌 친구를 찾았어?

정자   연락 안 돼유. 사는 곳도 모르고. 처음엔 영등포엔가, 어떤 방직공장에 취직됐다고 그랬었는디 그런 가시내는 없다고유.

난희   너도나도 촌 가시내들이 '서울바람' 나서, 새파란 청춘을 망치는 것이다! 호호. (사이) 정자야, 꿈이 너는 뭣이냐?

정자   나의 비밀이어유! 고것은 말할 수 없어요.

미영   그렇다면 난희 니년 꿈은?

난희   나도 꿈과 희망을 가슴 속에 품고 있죠, 언니! 그러면 미영언니의 꿈은?

미영   나야 돈 벌어들이는 것이 희망과 꿈이고말고.

난희   (따지듯) 그래갖고, '모니 모니' 돈은 벌어서?

미영   '장국밥' 집을 채리는 것이다! 저쪽- 서울역 근처에 가게 얻어서…

정자   왜, 하필이면 장국밥 집?

미영   옛날에 내가 거창 살 적에, '쌍과부'라는 밥집이 있었거든? '쌍과부집' 말이다. 남편은 없고 과부만 두 여자. 얼마나 멋있노! 어느 날 그런 생각이 퍼뜩 떠올랐어요. 그래가지고 영숙이 그애 하고도, 손가락 걸고 약속했다. 우리 둘이 돈 벌어서, 음식점 한 개 장만하자고 말이다!

난희   (짝짝 박수) 브라보! 우리 영숙이와 미영언니는 벌써 성공했네, 머.

미영   돈이 제일인기라. 세상에서 '오까네', 영어로는 '모니 모니!'

난희   미영언니는 '오까네'가 꿈이라면, 윤난희는 '대학생 애인'을 갖는 것이 나의 꿈과 희망!… (두 손을 가슴에 안고, 좋아서 몸을 흔들어댄다)

미영   (못마땅하여) 가시내가 지랄헌다! 난희 너, '일장춘몽'이란 말 알아?

난희   일장춘몽(一場春夢)?

정자   일장춘몽은 요렇게 화창한 봄날에 '한바탕 꿈'이라는 뜻이고, 노랫가락에도 나오는 것 아닌가유? (리듬으로) "인생 일장춘몽인디 아니 놀지는 못하리라. 에헤이야, 니나노 니

나노…" (모두 박수)

미영　그래애, 맞고말고. 우리도 꿈은 한 개 갖고 살아가야제!

정자　그러고 보니까 8도 사람이 다 모였네유. 나는 충청도 강경이고, 난희언니는 마산, 미영언니도 경상도 거창, 영숙언니 전라도 여수. 그리고 주인집 아저씨는 춘천과, 그 마누라님은 동해 바닷가의 강릉 출신!…

이때, 포주아저씨와 지게꾼 황씨 등장.
황씨가 지겟짐을 잔뜩 지고 올라와서, 한쪽 길가에 받쳐놓고 땀을 닦으며 쉰다.
포주 아저씨는 절뚝거리며 마당 안으로 들어선다.

포주　(돌아보며) 그러면 쉬었다가 가시오! 수고해요.

지게꾼　예에… 감사합니다. 허허.

정자　주인아저씨, 대통령 투표 했어요?

포주　… (말없이 고개만 흔든다)

정자　왜요, 아저씨?

포주　대리투표 시켰다, 그냥!

난희　대리투표?

포주　투표소 앞에는, 완장을 찬 청년들이 삥- 둘러서 가지고…

정자　완장, 완장이 뭐이에요?

포주　으응, 왼쪽 팔뚝에다가 요렇게 토시처럼 끼는 것 있어. 모두가 이승만 박사의 자유당 청년당원들이래. 그것들이

뼁- 둘러 서 있고, 어떤 동서기 같은 자가 따라 나와서는, "어르신, 그만 돌아가시지요! 수고롭게 투표할 것 없고, 저희들이 깨끗이 잘 투표해 드리겠습니다. 그 투표권은 이리 주시지요?…" 그래가지고 투표권 내주고 돌아서 버렸다, 머. 허허…

미영 아니, 세상에! 각자가 알아서, 본인들이 투표하는 것 아닙니꺼?

포주 … (절뚝거리며, 마루에 올라서 안방으로 퇴장)

지게꾼 (삿대질하듯 큰소리) 고것이 부정선거라는 거여. 에잇, 천하에 나쁜 것들. 바로 부정선기! 니놈들이 벌 받을 것이다. 요번 선거는 부정선거다, 부정선거! 퉤, 퉤에… (가래침을 땅바닥에 뱉고, 다시 지겟짐 지고 사라진다. 사이)

정자 (아저씨의 뒤를 물끄러미 바라보고, 난희에게) 언니 언니, 우리 주인아저씨 말여. 일제 때 징병에 끌려갔다가 총 맞은 것이 사실이유?

난희 아니면, 뭣 땜시 거짓말을 해? 사실이니까 그렇게 말을 하겄제.

미영 정자는 안방 벽에 걸려있는 사진틀도 못봤냐? 일제 때 그 빵같이 둥그런 해군모자를 쓰고 있는, 일본군대의 수병(水兵) 사진 말여. 남태평양에서 큰 군함을 타고 싸웠는디, 아저씨는 오른쪽 허벅지에다 총상을 입고, 그 큰 배도 바다 속으로 풍덩 침몰해 버렸다고 말이다. 억울하게 개죽음 안당하고, 살아서 고향 땅에 돌아온 것이 천행이제, 머.

난희　　우리 주인아저씨도 꿈이 있다. 아저씨가 어느 날 강릉댁 한테 하는 이바구를, 내가 가만히 엿들었거든?

포주　　(목소리) 마누라, 내 말을 명심허고 잘 새겨둬라! 나허고 강릉댁이 어린 자식들 앞세우고 서울까지 떠나온 것은 우리도 희망과 꿈이 있어서다. 쩌— 대관령 높은 고개를 넘고 넘어서, 서울 바닥을 찾아온 이유가 말여. 요런 사창굴에 파묻혀서 언제까지 살 수는 없잖여? 순철과 순실이를 옷 입히고 교육시키고 출세시키자면, 순철이가 중학교 입학하기 전까지는 여그를 꼭 떠나는 것이 무엇보다 상책이다. 그래가지고 남산 저쪽 너머 장충동이나 한강 너머 흑석동 같은 동네로 이사를 가서, 남에게 손꾸(개)락질 안 받고 버젓이 한세상을 살아봐야제! 안 그렇소, 강릉댁? 허허…

강릉댁이 무대의 위쪽 높은 곳에서 내려온다. 정자가 마중하듯 나간다.

정자　　아주머니, 영숙언니는?

강릉댁　　호호, 잘 처리했다.

정자　　수술 잘 됐어요?

강릉댁　　아먼, 문제없지, 머. 깨끗하게.

정자　　그런디 왜 혼자서 와요?

강릉댁　　응, 저기 '퇴계로다방' 앞에서 누구를 만났다. 어떤 사내놈이 그 골목 안에서 지키고 있더라구. 군복 입은 청년인디, 영숙이를 기다리고 있었던 모양이어!… (돌아서, 손가락으로 가리킨다. 암전)

(멀리 골목 안)
영숙과 영진오빠(군인)의 조우. 영숙은 힘없이 서 있으며, 영진이가 그녀의 두 팔을 붙잡고 피를 토하듯이 얘기한다.

영진　순이야, 오빠다! 순이야?

영숙　알아요. 하나밖에 없는 우리 오라버니!

영진　순이야, 너를 찾으려고 얼마나 헤맨 줄 알아?

영숙　영진오빠 나, 순이 아니다. 내 이름 바꿨어요!

영진　이름을 바꾸다니?

영숙　순이가 아니고, 나는 영숙이에요.

영진　그래애, 순이든지 영숙이든지…

영숙　나, 지금 많이 아파요!

영진　몸이 아프다고? 어디가, 왜?

양숙　영진오빠가 날 어떻게 찾아냈지?

영진　좋아. 그런 사정 이야기는 천천히 하기로 하고…

영숙　오라버니, 감사해요. 미안해요, 오빠.

영진　순이야, 정신 차려라. 자- 니가 살고 있는 집으로 가자!

영숙　집에는 안 들어갈래요.

영진　왜? 살고 있는 집이 싫어?

영숙　그 집은 싫어요, 싫어요!… (사이. 그의 얼굴을 만지며) 나는 우리 오라버니가 보고 싶었다! 참으로 보고 싶었어요.

영진　오빠도 순이 니가 보고 싶었단다!

영숙　사랑하는 영진오라버니. 군대 몸으로 어떻게 요렇게?

영진　으응, 정식 휴가를 냈어. 너를 찾기 위해서. 순이야, 여수에 있는 옛날 친구한테 니가 편지를 띄운 적 있었지? 그 여자친구에게서 연락받았다! 너무너무 감사하게도…

영숙　오라버니, 주인집에 나 빚 많아요. 빚이 많아요, 영진오빠. 빚, 빚, 빚!… (정신 잃는다)

영진　… (축 늘어진 영숙을 두 팔로 안고 일어선다)

서울역을 출발하는 기적소리 크게 울리고, 점점 멀어져가는 열차의 쇠바퀴 소리… (암전)

9장

난희 (해설) 보다시피 야당후보 조병옥 박사가 미국 땅에서 돌아가시고, 꼭 한 달 만에 3·15 대통령 선거가 치러졌습니다. 세계 민주주의 역사상 유례를 찾아볼 수 없는 제일 부끄러운 부정선거가 발생한 것이지요. 투표함 속에다 미리미리 '4할 사전투표', 유권자들의 '3인조 또는 5인조 공개투표', 민주당 쪽의 '선거 참관인 쫓아내기' 등등. 그래서 3·15선거 바로 그날에 맨처음으로 부정선거에 항의하는 데모가 경상남도 마산에서 발생하였고, 그 항의하는 시민들에게 경찰이 총을 쏘아대서 수많은 사상자가 발생하는 비극적 사건이 터졌습니다. 그러고 나서 한 달여 만에, 고등학생 김주열 군의 주검이 마산 바닷가에서 떠올랐습니다. 기적같이, 하나님의 계시처럼. 세상에, 김주열 학생은 왼쪽 눈을 생생하게 부릅뜨고 바른쪽 눈은 최루탄이 박힌 채로, 사람이 차마 눈 뜨고 볼 수 없는 처참한 얼굴이었습니다. 김주열 군의 그 처참한 모습은 온 국민을 격분시키고, 4월 18일에는 서울의 고려대학교 학생 3천여 명이 드디어 가두시위에 돌입했습니다. 어린 김주열 학생의 비극적 죽음이 '4·19혁명'의 횃불이 된 것이죠! 한편, 나 개인적으로도 그날은 운명의 날이 되었습니다. 그 전날 밤 늦게, 차윤호 대학생이 나의 방을 찾아온 것입니다. 그것도 몸을 가눌 수 없을 만큼 술 취한 상태에서, '도라지' 위스키 한 병과 빈대떡 안주, 또 구운 오징어 한 마리를 종이봉투에 싸서 들고…

(영상) 바닷물 속에서 떠오른 김주열의 시신 및 3·15마산의거의 1, 2차 시위장면 등이 구호와 함께 영사된다.
(시위구호) "3·15는 부정선거다!" "김주열을 살려내라" "대통령선거 다시 하라!" "김주열 군을 살려내라!" 등등.

(난희의 방, 밤)
술과 안주를 방바닥의 헌 신문지 위에 펼쳐놓고, 난희와 윤호가 마주앉아 있다. 윤호는 런닝샤쓰, 난희는 가벼운 잠옷 차림.
윤호는 술에 취해 이따금씩 고개를 떨구고, 몸뚱이를 흔들흔들, 혀 꼬부라진 소리를 한다. 또 술 한 잔을 단숨에 들이켠다. 빈 술잔을 내밀며,

윤호 자, 한 잔 더…
난희 술은 그만, 호호. 우리 윤호씨, 술 많이 취했다!
윤호 잔소리 말고, 난희 너도 한잔 더할래?
난희 난 그만 마실래. 벌써 세 잔 마셨어요. (젓가락으로 빈대떡 한 점을 입에 넣어준다)
윤호 (받아 씹으며) 무슨 헛소리. 잔소리 마, 임마! 허허… (술병을

들어 자기 술잔에 따르고, 난희 컵에도 부어준다)

난희   요것을 마지막으로 해, 엉? 좋아요, 그럼. 자- 건배, '간 빼이!'

윤호   건배!⋯ (두 사람, 컵을 부딪치고 홀짝 마신다)

난희   (몸서리치고) 아이, 독해! '도라지' 위스키는 골치 아프단 말 야. 내일 아침에 머리통 아파요. (안주 한 점을 집어 씹는다)

윤호   '도라지'는 화학주다! 공업용 알콜 같은 것. 그러고 막걸리 는 카바이트 술! 대폿잔 밑바닥에 남는, 그 시꺼먼 석탄가 루 너도 알지? (빈 잔에 술을 또 따른다) 우리 서민들은 낮이나 밤이나 퍼마시고 죽는 것이지, 머.⋯ (사이)

난희   (오징어를 찢어서, 그의 손에 쥐어주고) 나도 그 신문을 봤어요. 김주열 고등학생의 시체 사진! 세상에, 어쩌면 인간이 그 처럼 잔인할 수 있을까!

윤호   시퍼렇게 살아있는 사람 치고, 그 신문 안 보고 모르는 인 간들 있겠냐?

난희   마산은 '가고파라, 가고파' 내 고향이야. 마산 신포동에 있 는 바닷가. 그 중앙부두를 나도 잘 알아요. 눈앞에 선하고, 추억도 생생해. (입속으로 〈가고파〉 노래 흥얼흥얼)

윤호   시끄럽다, 가시내야! 노래가 시방 나오게 됐냐? (꽥- 소 리친다)

난희   아이, 놀래라! 깜짝 놀랐네요. 호호.

윤호   그 바닷가 이름이 '중앙부두'? 그렇다면 김주열의 고향은 어딘 줄 알아?

난희   그럼 알고말고지. 참- 신문에서 읽어보고 윤호씨 생각 떠
          올랐어요. 전라도의 남원은 차윤호의 고향 아닌가?

윤호   그래애. 맞다, 맞아. 고(故) 김주열 열사(烈士)는 남원군 주생
          면(周生面) 출신이다, 임마.

난희   남원의 주생면?

윤호   남원 읍내에서는 가깝다. 자전거 타고 20분도 안 걸려요.
          으흑… 그것이 남원이든지, 광주든지, 지리산이든지 대수
          냐! 아무 곳이면 어때서?

난희   권력자나 정치가들은 왜 그럴까? 부정선거 안 하면 안
          돼요?

윤호   임마, 권력과 권세는 아편이란 말도 있어요!

난희   그리고 이기붕씨는, "총은 쏘라고 준 것이다" 그랬다면서?

윤호   누가 그따위 더러운 소리를 해?

난희   지게꾼 황씨가 주인아저씨가 하는 얘기 들었어요.

윤호   그것뿐이냐? 존경하는 이승만 대통령께서는, (비아냥의 목소
          리 흉내) "이번의 마산 폭동은 공산당이 뒤에서 조종한 혐
          의가 있다고 합네다!"…

난희   호호.

윤호   미친, 정신 나간 개자식들! 그 늙은 대통령이 또 망령(妄靈)
          난 소리를 해댔단다. 말끝마다 주뎅(둥)이만 열었다 하면,
          공산당이요 빨갱이래! 으윽- 난희 너하고 정치 이야기는
          말자! 정치 현실은 지저분하고, 싱겁고 김빠진다 말야. 허
          허… (술잔을 훌쩍 들이켜고, 다시 술병을 든다)

난희 그만 마셔요. 아이, 싫어, 싫어! (술병을 뺏는다) 술타령은 그만 '스톱' 하고, 다른 딴 얘기나 해요. 오랜만에 우리 둘이 만났으니까 말야.

윤호 허허… 우리 무슨 이야기를 나눌까? 난희, 니가 먼저 꺼내 봐요! (오징어를 질겅질겅 씹는다. 사이)

난희 저기, 아랫방에 여수에서 올라온 아가씨가 있었거든? 윤호씨도 얼굴 한번 봤을 거야.

윤호 (머리를 저으며) 몰라, 기억 없다. 전라남도 여수 출신. 그런데, 왜?

난희 나하고도 친했는데, 얼마 전에 그애가 죽었어!

윤호 죽다니! 왜?

난희 돌팔이의사한테 소파수술 받고 나서, 피를 많이 흘려서 죽었어요. 수술비 싸게 아끼려다가…

윤호 그 여자들이 하는, 낙태수술 말이냐?

난희 영숙이 나이가 20도 채 안됐어요. 겨우 인제사 열아홉 살!

윤호 유감이구나! 나무아미타불 관세음보살…

난희 아니, 부처님은 왜 찾아요?

윤호 가련하게 죽어간 영혼에게 쓰는 말이야. 나의 경우는 말이다!…

난희 … (고개를 갸웃 한다)

윤호 허허. 어찌 됐던지, 인간은 존중받고 살아야만 해! 죽어서는 안되고말고.

난희 그날, 더더욱 눈물 나고 안타까운 사건은 영숙이 친오빠가, 그 가시내를 데리러 이곳까지 찾아왔었어요. 몰라, 어떻게 알고 찾아왔는지는… 영숙이는 위로 오빠와 밑에 여동생 하나, 그렇게 3남매인데, 아버지가 간암으로 돌아가셨대나봐. 그후로 엄마는 바람이 나서 새서방, 남자를 집 안에다가 불러들였대요. 버젓이, 뻔뻔스럽게도. 그러자니까 집안 싸움질도 발생했겠지. 오빠는 부끄럽고 화가 나서 군대에 입대하고, 영숙이는 집을 뛰쳐나온 거야. 나 한 목숨 못살아갈까 하고, 무작정 서울에 올라온 것이 그렇게 됐어요!

윤호 여기 생활을 오래 했었나?

난희 1년도 못됐어요. 아직도 약 10개월쯤… (사이) 꽃다운 청춘이 꽃 한번 피워보지도 못하고 시들어진 것이 불쌍하고 애처롭지요, 머! 가시내가 심성이 곱고 착했는데. 무슨 일이든지 좋게만 생각하고, 우리들 사이를 친절하게 만들려고 애도 많이많이 쓰고… (눈물 흘리며, 훌쩍훌쩍)

윤호 (짐짓, 그녀의 등 뒤를 가리키며) 방문 앞에, 영숙이가 저그 서 있는데?

난희 어머나! 엄마아.… (질겁하고, 그에게 달려든다)

윤호 하하, 핫… (크게 웃음)

난희 아이, 몰라요. 무서워! 그렇게 놀래키지 마. (무릎에 엎드려 주먹질)

윤호 하하. 미안 미안. 장난이 내가 심했나!… (사이)

(환청 – 두 사람의 대화)

난희　　윤호씨는 뭣 땜시 찾아오지? 나 같은 것을 사랑하지도 않으면서…

윤호　　난희를 사랑하지 않는다는 말, 나는 하지도 않았는데?

난희　　그럼 좋아해서?

윤호　　좋아한다는 말도 하지 않았다, 나는.

난희　　이것도 저것도 아니고, 그렇다면 '하룻밤 풋사랑'인가?

윤호　　어떤 유행가처럼, 〈하룻밤 풋사랑〉?

난희　　(음유로) '하룻밤 풋사랑에 이 밤을 새우고/ 사랑에 못이 박혀 흐르는 눈물/ 아아 ~ 하룻밤 풋사랑!…'

윤호　　좋을 대로 생각해라! 허허. 난희 너는, 문둥이 시인 한하운(韓何雲)의 〈전라도 황톳길〉이란 시(詩)를 모르지?

난희　　문둥이도 시를 써요?

윤호　　(낭송, 큰소리) '가도가도 붉은 황톳길/ 숨 막히는 더위뿐이더라// 낯선 친구 만나면/ 우리들 문둥이끼리 반갑다// 천안 삼거리를 지나도/ 수세미 같은 해는 서산에 지는데// 가도가도 붉은 황톳길/ 숨 막히는 더위 속으로 쩔뚝거리며 가는 길…' (사이) 낯선 친구 만나면 문둥이끼리 서로서로 반갑다? 허허, 그래요. 그래 그래, '절창'(絶唱)이고말고.

난희　　차윤호씨는 좋겠다! 장래에 사회 나아가면 훌륭하고 존경받는 사람 되고, 멋진 숫처녀 만나서 결혼도 하고, 또 '이쁜 아기'도 낳고…

윤호	왜, 그런 생각을 하지?
난희	내년 봄에 대학교 졸업하면, 은행 직원이나 신문사 기자가 된다며?
윤호	한낱 꿈이고, 희망사항일 뿐이다.
난희	아아– '하늘같이 높은 대학생'을 난희는 사랑할 거야!
윤호	거짓말 아냐?
난희	진실이다!
윤호	그런 말을 믿을 수 있을까?
난희	나는 나는, 짝사랑이라도 좋아요. 언제까지나.
윤호	실없는 허튼소리!
난희	(큰소리) 차윤호는 내껏(것)이다! 그대는 내껏이야. 호호…

난희가 옷깃을 여미고, 제자리에 돌아온다.

윤호	우리 남산에나 올라갈까? 지난번에 운치 있고, 좋던데?
난희	너무 늦었어요. 곧 통금시간 돼요.
윤호	그럼 옷 벗고 잠이나 청할까?… (오징어를 씹는다)
난희	참– 나, 「오발탄」 소설 읽어봤어요.
윤호	재미가 있던?
난희	주인공 가족들이 불쌍해! 무슨 계리사인가 월급쟁이 집안에, 마누라는 배가 남산만큼 만삭이고, 늙은 엄마는 북쪽에 있는 고향 가자고 시도 때도 없이 큰소리로 고함치고, 남동생은 전쟁 때 상이군인, 그리고 여동생은 미군부대

상대하는 '양갈보, 양공주' 신세… 그런데 가난한 월급쟁이 그 남자가 치과병원에 가서 이빨 뽑고, 시발택시를 잡아타고 집으로 돌아간다. 그러다가 온 입속에 핏물이 흥건히 고여서, 그만그만 제 정신을 잃어버려요. 쯧쯧… 여보, 여보야! 그 주인공 남자가 죽는 거야?

윤호   으윽 - 죽는다고 할 수도 있고, 안 죽는다고 할 수도 있고. 너는 죽어야 좋겠냐, 안 죽어야 좋겠냐?

난희   죽기는 왜 죽어요? 악착같이 살아가야지!

윤호   아암, 악착같이 살아가야지. 죽기는 왜 죽어? (사이) 난희야? 난희 너를 내가 찾아오는 것은, 아마도 외로움 때문일 거야!

난희   차윤호 대학생이 외로워?

윤호   으흠. 허무와 고독과 절망 같은 것!

난희   왜, 외로워요? '하늘같이 높은 대학생'이…

윤호   세상이 돌아가는 것도 그렇고, 세상을 살아가는 것도 그렇고, 앞으로 장래에 차윤호가 살아나갈 세상도 그렇고… 허허. (공허하고 자조적인 웃음)

난희   여보여보, 차윤호씨? 지금 나 헷갈려요! 그 말을 알아들을 것 같기도 하고, 아니기도 하고 말야.

윤호   그냥 그렇게 생각해라. 따지지 말고.

난희   나도, 난희도 외로운 여자인데?

윤호   잘 만났다, 그럼! 두 외로운 여자와 남자끼리… 하하하. (두 팔을 치켜들고 홍소)

난희 호호, 맞다 맞아요. 우리는 외로운 인간들이야!⋯ (털어버리
듯 크게 말하며, 그를 덥석 안고 뜨거운 키스)

이때, 밤 12시의 '통행금지' 사이렌이 길게 울려 퍼진다. (암전)

10장

(같은 난희의 방. 이튿날 이른 아침)

난희와 윤호는 잠들어 있으며, 골목길에 부두장수의 '땡그렁 땡그렁' 종소리… 신문팔이 소년이 소리치며 뛰어간다.

"신문이오!" "아침신문, 아침신문" "신문 호외(號外)요, 신문 호외!…"

아래층 대문간에서 포주아저씨가 나타나서 소리친다.

포주   애, 총각? 신문 신문! 여기도 신문호외 한 장 줘라!…

소년   예에.… (신문을 던지듯 주고 달려간다)

포주   (펼쳐들고 경악하여) 요것이 뭣이다냐? 아니, 요런 쳐죽일 것들!

강릉댁   (냉큼 따라붙듯이) 왜 그래요. 밤새, 무슨 사건이 터졌수?

포주   쯧쯧, 요런 빌어묵을 놈들이 있나! 자자- 대문짝만 요 사진 좀 보소?

강릉댁   어디요, 어디?

포주   두 눈으로 봐요. 똑똑히, 자, 자…

강릉댁   오매, 이 사진? 눈 뜨고 못 보겠네. 요런 무섭고 흉측한 것!

포주   동대문에 깡패들이 고려대학교 학생들을 습격한 것이구만.

강릉댁　무슨 일로다가, 왜?

포주　부정선거 다시 하라고, 고려대 학생들이 데모에 나섰단 말여. 어제 대낮에. 그랬었는디 쩌어, 을지로 4가 '천일백화점' 앞에서 깡패들이 대학생들을 습격했구만 그려. 어젯밤 일곱 시경, 깜깜한 밤중에… 깡패 괴한들이 쇠망치, 몽둥이, 벽돌 같은 흉기를 들고 때려 부수고, 닥치는 대로 공격했어요. 그래갖고는 시위대의 선두에 섰던 수십 명 학생이 부상당하고 쓰러지고, 순식간에 온통 아수라장이여. 피는 철철 흐르고, 머리통 깨지고, 어떤 학생은 정신을 잃고 땅바닥에 쓰러지고… 쯧쯧. 요 사진 좀 봐라? 아스팔트 길바닥이 피범벅이네그려! 천벌을 받을, 요런 나쁜 인간들 같으니라구! 세상이 망했다, 세상 망했어요! 쯧쯧쯧. (암전)

(영상) 신문의 특종보도. '고려대 학생들의 피습사건'이 여러 컷 영사된다. 동대문을 통과하는 고대생들, 국회의사당 앞의 고대생 및 심야의 아스팔트 길바닥에 여기저기 널브러져 있는 부상 대학생들…

(동시에 '난희의 방')
윤호가 주섬주섬 옷을 챙겨입고, 난희는 웃저고리를 들고 있다.

난희　(걱정스러운 듯) 간밤에 술 많이 했는디 해장을 해야제! 내가 곰탕 불러다줄게 먹고 가요. 으응?

윤호	괜찮아요. 나 그냥 갈 거야.
난희	윤호씨, 자기 배고프면 어쩌냐?
윤호	정치깡패들이 대학생을 공격한 거야. 일은 터지고 말았다!
난희	아이, 국물이라도 뜨고 가요. 곰탕집에 내가 빨리 뛰어갔다 올게.
윤호	고맙다. 나, 학교 친구들과 만나기로 약속했어. 아침 일찍이…
난희	그러고, 내가 줄 것이 한 개 있다. (종이상자를 꺼내들고) 선물 받아요!
윤호	그게 뭔네?
난희	호호, '빤쓰'(팬티)와 런닝샤쓰. 차윤호씨 당신의 속옷이야.
윤호	뭐, 뭐… 내가 입을 내복을 니가 샀다고?
난희	왜, 그렇게 하면 안 되나?
윤호	허허. 물론 안 될 것은 없다! 그렇지만 말야… (곤혹스럽다)
난희	자기의 샤쓰, 내복이 많이 낡았던데, 머. 속옷을 그래서 세 개씩 샀어요. 저기- '남대문시장'에 가서.
윤호	그래, 그래. 그렇지만 말야. 으음…, 그런데 말야. 내가 너에게 할 얘기가 있어요. 난희 니가,… 요런 짓을 나한테 하면 안 돼요! 절대로…
난희	(의외라는 듯) 절대로, 왜?
윤호	글쎄 내 말을 들어봐요. 지난번에는 묵은 김치, 배추김치를 싸준 적도 있었지? 좋아요, 좋아. 내가 없는 집 자식이고, 가난한 자취생이라고.

난희 그것이 잘못이야?

윤호 (설득하여) 잔말 말고, 좀 더 내 말 들어라. 난희 니가 나를 요렇게 대하면 절대로 안 된다! 내 말 오해하지 말고 잘 들어야 한다? 니가 나를 이처럼 생각해주면 생각할수록, 차윤호는 그만큼 비참하고, 조그맣게 작아져요. 남에게 빌붙어서 살아가는 한 마리의 작은 기생충처럼. 나 자신이 너무너무 불쌍하고, 왜소하고, 처량해진단 말이다.… 내 말뜻을 알아묵겠어? 난희 니가 요런 식으로 행동하면 너를 만날 수가 없어요. 차윤호가 더 이상, 앞으로는 윤난희를 찾아올 수 없다니까? 그러니까 내 말뜻은…, 두 번 다시는 이와 같은 착한 행동일랑 하지 마. 절대로… 대답해 봐요, 엉?

난희 (빤히 올려보다가) 자기가, 차윤호씨가 싫어하면 다시는 하지 않을게! (사이) 그래요, 자– 약속? (새끼손가락을 꺼낸다)

윤호 좋아요. 그렇다면 요번 선물은 수락하는 것으로 한다. 허허. 그런데 지금은 말야. 학교에 오늘은 나가봐야 하니까, 이 선물을 난희 너에게 다시금 맡겨둔다! 알았지?

난희 호호, 그래요. 그런디 오늘 학생데모에, 자기는 안 나가면 안 되나?

윤호 에이, 까불지 마라! 3·15부정선거 데모 때, 당신은 어디에 있었습니까 하고 누가 물어오면, 내가 어떻게 답변하는 것이 좋을까? 그때 나는 서울역 건너편의 어느 집에서 빈둥빈둥 허송세월 하고 있었다고? 허허…

난희	윤호씨 자기는, 그럼 언제쯤 또 올 거야?
윤호	그런 약속 같은 것을, 우리가 언제 했었나?
난희	으응, 아무 때든지 알아서 해요! 당신께서 오고 싶을 때는 윤난희는 두 손 들고 언제나 대환영! 호호.
윤호	난희야, 고맙다! 감사해요.… (그녀의 손등에 격식있게 입맞춤. 암전)

(영상) 4 · 19혁명의 여러 장면 및 구호와 함성이 진동한다.
가두시위의 함성과 혼란 속에. 수많은 서울시민이 무대 위를 흘러간다. 서울역 전찻길과 남대문을 돌아서 태평로 넓은 거리에, 인산인해 군중이 개미떼처럼 모였다.
서울시청 광장과 국회의사당과 중앙청 앞까지…
(깃발과 구호) "민주주의 사수(死守)하자!" "대통령 선거 무효이다" "3 · 15선거는 부정이다" "3 · 15는 무효이다, 부정선거 다시 하라" "깡패정치를 청산하라"
"부패정치 청산하고 부정선거 다시 하라!" 등등.

데모 군중 속에는 지게꾼 황씨도 두 주먹을 높이 치켜들고 소리치고 있다.
난희는 어린 순철의 손을 잡고 있으며 정자와 미영의 모습도 보인다.

(이하, 모두 목소리)

난희   순철아, 내 손목 꽉- 잡아. 놓칠라!

순철   누나, 재밌다. 신난다. 좋아 좋아. 히히.

미영   시방, 여그가 어디다냐?

정자   으응, 서울시청 광장 지나가고, 저쪽에 멀리 보이는 것이 국회의사당이유! 쬐끔만 더 걸어가면 국회와 중앙청 나오고, 거그서 더 효자동 쪽으로 나아가면 경무대! 경무대는 우리나라 대통령이 살고 있는 집 아닌감?

미영   이승만 대통령 살고 있는 경무대를 누가 몰라!

순철   (난희의 잡은 손을 높이 치켜들고 함께) "3·15부정선거 다시 하라!"

"대통령선거는 무효이다!"…

이때, 불시에 난사하는 최루탄과 총소리 '탕, 탕, 탕!…'

모든 데모 군중이 땅바닥에 납작 엎드리고, 사위는 쥐 죽은 듯이 고요하다. (암전)

11장

난희 (해설) 1960년 4월 19일, 그날을 '피의 화요일'이라고 부릅니다. 수많은 학생과 선량한 시민들이 죽고 다치고 피 흘리고, 생지옥이나 다름없었지요. 〈4·19민주혁명〉기록에 보면, 전국에서 190여 명의 젊은 목숨과 6천4백 명의 부상자를 낸 말 그대로 '피의 제전'(祭典)입니다. 대학생과 중고교생은 물론, 심지어 국민(초등)학교 생도들도 고사리 손을 흔들며 길거리로 나선 것입니다. 그러는 중에 4월 25일에는, '각대학교수단 데모'가 발생했습니다. 백발이 성성한 늙은 교수님들이 종로 넓은 길거리에 나서서, "학생의 피에 보답(報答)하라! 학생의 피에 보답하라!…" (떨리는 목소리) 오늘날에 와서 새삼 돌이켜봐도, 감동적이고 눈물겹고 진실로 장엄한 일이었지요! (눈물을 훔친다) 그리하여 이승만 독재정권은 12년 만에 막을 내리고, 그 권좌에서 쫓겨났습니다.…

(영상) '各大學教授團'의 시위 장면. 고교생의 '民主主義를 死守하자', '李承晚 政府는 물러가라' '獨裁政權 타도하자'의 플랜카드와 거리 곳곳에서 박수치는 시민들.
종합병원 영안실에 흰 가운에 덮여 있는 수많은 희생자의 시신 및 밖에서 쭈그리고 앉아 울고 있는 젊은 어머니들.…

마침내 4월 26일 민주혁명의 승리를 환호하여 '계엄군의 탱크에 올라타서 태극기를 흔들고 기뻐하는 시민들' 및 5월 19일의 '4·19殉國學徒 合同慰靈祭'(城東原頭에서) 사진 등이 해설 중에 흐른다.

난희 (해설) 나의 이야기를 더 좀 계속해야겠군요. 그날부터서 열흘이 가고 20여 일이 지나도록 차윤호 대학생은 나타나지 않았습니다. 나는 궁금하고 걱정이 되기도 했으나, 아마도 무슨 바쁜 일이 있겠거니 하고 기다렸습니다. 왜냐면 우리는 한번도 사전 약속 같은 것을 한 적 없으니까요. 그가 그냥 찾아오면 오고 아니 오면 기다려지고, 그 대학생님이 한껏 보고도 싶고… 나는 애타는 심정으로 그님을 기다렸습지요. 한 달이 흘러가고 두 달이 다 돼도, 그 남자 차윤호는 나타나지 않았습니다. 그래서 나는 차윤호씨를 수소문하기로 마음먹고 찾아 나섰습니다. 허나 풀밭에서 바늘 찾기 하듯이 막막한 일이었습지요. 그에 관해서 아는 것이라고는, 사실은 난 아무 것도 모르고 전혀 무지한 상태였으니까요. 그래도 대략 알고 있는 그의 학교와, 어렴풋이 짐작되는 그의 친구들을 만나보기로 했습지요. 그러나 그가 죽었다고는 꿈에도 생각지 않았습니다.…

난희가 윤호의 생존 소식을 염탐하고자 여기저기를 방황한다.

(골목길의 늙은 점쟁이)

꾀죄죄하고 안경 낀 노인이 『사주 책자』를 펼쳐놓고 앉아 있다.

난희가 총총히 지나치다가, 되돌아와서 그 앞에 쭈그리고 앉는다.

난희 할아버지, 점 좀 봐줘요?

점쟁이 여그 공책에 생년월일 적어요. 무슨 띠?

난희 양띠, 염생이요. (공책에 글씨 쓴다)

점쟁이 우선 앞서, 복채부터 놓구료. 일금 백환! (공책을 받아들고, 몸
은 흔들흔들, 입속으로는 웅얼웅얼)

난희 알았어요.… (핸드백의 지갑을 꺼내서 종이돈을 놓는다) 자– 요.

점쟁이 현재, 누구 사람을 찾고 있소?

난희 어디에 가면 소식을 알 수 있을까 해서요. 대학생인데…

점쟁이 (체머리를 살래살래) 으흠, 찾아봐야 별것 없다. 헛수고야!

난희 헛수고라니요?

점쟁이 찾거나 말거나, 오십 리 백리야. 오리무중…

난희 오리무중이라니, 사람이 죽었단 말예요?

점쟁이 가만 가만… 사주팔자에 자식새끼는 틀렸고, '후분'(後分)
은 좋겠다.

난희 '후분'이 뭐예요?

점쟁이 인간이 늙어서 말이지. 늙은 말년에는 인생살이가 평안하
겠어!

난희 나이 늙어서 말고, 시방 당장은요?

점쟁이 하하, 좋다 좋아. (무릎을 탁– 친다)

난희	할아버지, 뭣이 좋아요?
점쟁이	복중(腹中)에 태기(胎氣)가 있구나!
난희	복중에 태기?
점쟁이	바야흐로 수태중이야. 뱃속에 임신, '옥동자'가 꿈틀거리고 있다…
난희	아니, 영감님이 미쳤어요?
점쟁이	관세음보살, 허허.
난희	에이, 엉터리! 늙은이가 엉터리 점쟁이구먼… (암전)

난희는 벌떡 일어난다. 다른 곳으로 가서 등을 돌리고 담배 한 대를 피워 문다.

(대학 캠퍼스의 한 벤치)

한 대학생이 짙은 녹음과 새소리 속에 한가롭게 앉아서 책을 읽고 있다.

난희가 빠른 걸음으로 다가가서 반갑게 그의 어깨쪽을 가볍게 노크한다. 그 대학생이 무심히 뒤돌아본다. 난희는 깜짝 놀라고, 그에게 머리 숙여 사과한다.

(플라타너스가 있는 대로의 길가)

달리는 시내버스의 자동차 소음 속에, 대학생 청진과 종만이가 책가방을 각각 끼고 들고 느린 걸음걸이로 지나간다. 난희가 발빠르게 그들의 뒤를 쫓는다.

그녀는 바싹 다가가서, 그들의 앞길을 막아선다. 가쁜 숨길을 고르며,

난희	실례합니다. 한 가지 물어보고 싶어서…
종만	누구시죠?
난희	혹시, 차윤호씨와 친구분 아닌가요?
종만	네, 그런데요?
난희	며칠째, 저쪽에 있는 대학교 교문 앞에 기다렸습니다.
청진	누구를 말입니까! 차윤호씨를?
난희	(더듬더듬) 저는 서울역 앞에서 장사하고 있는 여자인데요.
종만	서울역? 아하!… 인제 기억납니다. 서울역 건너편에서, 그 '아가씨 동네' 살고 있는 여자가 맞죠? 그렇지요, 허허?
난희	부끄럽습니다. 미안합니다!…
종만	아니 그런데, 어쩐 일로?
난희	오랫동안 차윤호 대학생을 만나지 못해서 너무너무 궁금하고, 그리고 그분의 소식을 알 수가 없어서요? 그러니까 4·19 그날 이후로는 지금까지…(사이. 두 사람 서로 눈짓을 하며)
종만	으음, 차윤호 형님 말이죠?
난희	예에.
청진	미안합니다! 그분은, 그 대학생은 이 세상사람 아닙니다!
난희	(바르르 떨며) 죽었습니까? 아니, 어떻게 어디서요?
종만	그 당시 차윤호 형님은 중앙청 옆에, '경찰 무기고' 앞길에

서 연좌데모를 하고 있었습니다. 그랬는데 무장경찰이 무
차별적으로 공격하고 발사하는 바람에, 그만 슬프게도, 애
석하게 됐습니다.

난희 아이, 몰라!… (울음을 씹는다)

청진 비극적이고 안타까운 일이죠! 생떼 같은 젊은이가… (사이)

난희 (당돌하게) 그런데,… 그런디 그대들은 왜 안 죽었지요?

청진 (뜻밖에) 예? 무슨 말뜻입니까?

난희 (횡설수설) 대학생 차윤호는 죽어갔고, 당신들은 지금도 살
아있고!… 왜지요? 응, 안다, 알아요. 데모대에서 그대들은
도망쳤군요. 뒤꽁무니 빼고 비겁하게 숨고 달아났어! 그
래서 살아났고, 버젓이 눈 뜨고 살아있었구나!

청진 (경악하여) 뭐요? 아니, 이런 정신 나간 여자를 봤나!…

난희 (앙탈하듯) 왜, 같이 안 죽었어요? 내 말이 틀렸어? 비겁하고
못난 새끼들! 모조리 죽어야지, 함께. 데모를 함께 했으면
함께 죽어야 마땅하지. 안 그러냐, 니네들?

종만 데모에 나간 사람들은 모조리 죽어야 한단 말입니까?

난희 (냉랭하게) 그래야만 이치에 맞죠. 안 그래요? 어서 말해 봐!

청진 (울분이 치올라서) 콱– 죽여 버릴까 보다! 뭣이라고? 그날의
데모에서 우리는 도망가고, 차윤호만 죽었다고? 허허, 이
런 미친, 넋 빠진 것. 그날의 우리는 죽을 둥 살 둥 너나없
이 피땀 흘리면서 싸웠다. 너 같은 것이 그런 참을 수 없는
진실을 알아? 요런 무례하고 괘씸한 년!

종만 (말리며) 참아라, 임마. 청진아, 참아요 참아.

청진 이런 쌍것아, 너 맛 좀 볼래? 요것을 그냥, 콱!… (주먹을 번쩍 치켜든다)

종만 자식아, 그만두란 말이다. 니놈도 미쳤냐? 가자, 가! (그를 밀쳐낸다)

청진 흐응, 재수가 없으려니 별것이 다 설치네. 야야, 야, 임마! 똥갈보가, 똥갈보 같은 소리 하고 있다, 엉? 쩌리- 가라! 꺼져라 꺼져. 이런 똥갈보년! 퉤퉤, 퉤… (침을 뱉는다)

난희 … (그 자리에 털썩 쭈그리고 앉아 운다)

종만 (그의 등짝을 밀며, 휘청휘청 사라진다. 뒤돌아보며 큰소리) 대학생 차윤호를 만나고 싶으면, 저- 수유리 공동묘지에 찾아가 봐요!…

난희 … (갑자기 헛구역질을 일으킨다. 그녀는 벌떡 일어나서 플라타너스 가로수를 부여잡고, 으윽 으윽- 심한 헛구역질… 암전)

12장

(포주아저씨의 안방)

난희를 상대로 포주와 강릉댁이 마주앉아 있다.

강릉댁   난희야, 몇 번을 말해야 알아듣겠냐, 엉? 어른 말씀을 귀
             담아 들어라.

난희   산부인과는 안 갈래요!

포주   허허, 귓구멍에다가 시방 말뚝 박았냐? 다소곳이 어른의
             말을 따라야제. 여러 딴 생각 접고 일어서라. 강릉댁 따라
             서, 싸게싸게 병원에 갔다와요.

난희   … (머리를 젓는다)

강릉댁   내 말을 들어봐라. 너는 뱃속에 있는 것이 어떤 대학생의
             씨라고 우기고 있지만, 그런 말을 어느 누가 믿어? 그러고
             또, 그 대학생이 4·19에 죽어갔고, 지금은 요 세상 인간
             도 아니람서?

난희   그 남자는 이런 사실을 애초부터 몰랐고, 나도 태기가 있
             는 줄 몰랐어요. 그러니까 그 사람과 나와는 문제가 안 되
             고, 아무런 상관도 없어요.

포주   그러니까 서방놈도 벌써 죽었는데, 그런 새끼를 아녀자
             몸으로 낳아서 기르겠단 뜻이냐? 니년 혼자서 말여. 철딱

서니 없고 어리석은 것! 으흠…

강릉댁 난희야, 자식새끼를 낳고 양육하는 일이란 것이, 어느 누구, 우리집 순실이같이 그런 소꿉장난인 줄 알아?

난희 저는, 내가 좋아하는 남자의 씨를 받고 한세상 살아가는 거예요! 그 이상 그 이하도 아니구요. 아줌마, 강릉댁도 여자 아닙니까? 한 여자가 '이쁜 새끼'를 갖고 싶다는 게 무슨 잘못인가요?

강릉댁 (발끈하여) 뭣이여? 니가 귀신한테 홀렸구나. 그 죽은 대학생놈 귀신한테! 미쳤다, 미쳤어. 니년이 정신머리가 돌었어요. 본정신이 시방 아니구나…

포주 아이구, 울화통 터져. 저런 황소고집에, 어리석고 미련한 것을 봤나, 원! 쯧쯧쯧… (벌떡 일어나 방문 열고 나간다)

난희 주인아줌마도 알고 있다시피, 난 두 번이나 낙태수술 받았어요! 내가 열아홉 살에 이 길에 빠져서 3년째예요. 작년 가을에 수술 받았을 때 의사 선생님이 말했어요. 앞으로 한 번만 더 '긁어내면' 다시는 애기를 가질 수가 없다고. 그렇게 되면 영구불임(永久不姙)이 된단 말예요! 저는 '영구불임'… 아줌마, 싫어요! 병원에 나는 난… 절대로 안 갈래요. (서럽게 운다)

강릉댁 (꾸짖어) 아이고, 복장 터져! 니년 꼴린 대로 해라. 내가 못 참는다, 못 참아요… (미영과 정자가 조심스럽게 들어서고, 강릉댁은 일어나서 부엌으로 나간다) 느그들이 좀 잘 타일러라!…

(사이)

미영 울지 말그라, 가시내야!

정자 난희 언니, 괜찮아유. 걱정 마. 언니가 그렇코롬 소원하는 것인디.

난희 (새삼 뾰로통하여) 여자가 '이쁜 아기'를 낳고 싶다는 것이 그렇게도 잘못인가, 머. 내 새끼는 내가 낳고, 내가 기르는 것이어. 미영 언니, 안 그래요?

미영 나는 대답 몬하겄다. 여자가 새끼를 갖는 것이 좋은 일인지, 아닌지… 옛날 말에, 무자식도 상팔자라는 이바구가 있다마는?

정자 고것은 자식놈이 부모의 속을 썩힐 때 써묵는 뜻인디? 언니도 참, 고런 말을 여그서는 갖다붙이면 안 맞지유, 머.

미영 이바구가 그렇코롬 돌아가냐? 언니가 잘못혔다! 서글프다 웃겄네. 호호.

난희 2층 내 방에는 선물이 한 묶음 남아있어요. 그 대학생의 속옷, 런닝샤쓰와 빤쓰랑 각각 세 벌씩말야.

정자 엄마, 마- 우세스럽다! 그 사나이의 속옷까지? 호호.

난희 (혼잣말로) 4·19데모 때에, 죽을 둥 살 둥 내가 말릴 걸 그랬었나봐. 그 대학생이 데모대에 못 참가하게끔. 그 사나이는 요롷게 말했거든? "악착같이 살아야지. 죽기는 왜 죽어?" 하고… 내가 뺨따구를 얻어맞더라도, 한사코 데모대에 못 가게 꼭꼭- 붙잡아둘 걸!

미영 '하늘같이 높은 대학생'이 하찮은 니년 말을 들어묵겄냐?

난희 미영 언니는 말끝마다 '하늘같이 높은 대학생'이래!

정자 하늘과 땅 차이지, 머. 우리 같은 것과 비교가 되냐? 호호
(가볍게 웃음)

미영 그건 그렇고, 수유리에 있는 공동묘지는 찾아갔었냐?

난희 (머리를 끄덕이며) 으응. '차 아무개의 묘' 하고, 비석을 한 개
발견했어요. (사이. 다짐하고) 나는 애기를 낳겠어요. 무슨 일
있어도 '이쁜 아기'를 낳는 것이 꿈이야!……

미영 요년, 꿈도 야무지다! 사람의 일이란 것이 꿈대로만 성공
하면 무신 걱정. 나, 봐라? 그 여수 가시내와 합동으로 '쌍
과부' 집을 개업하는 것이 꿈이었는디, 영숙이 그년이 먼
첨 죽어뿌리고 말어.

정자 그러면 영숙 언니 대신으로, 나하고 꿈을 키워보면 어떨
까 싶네요, 잉?

미영 시끄럽다, 요년아! 터진 아가리로 나불대지 마라.

정자 호호…

미영 … (담배 한 개피를 꺼내 물고 라이터를 켠다. 사이) 한 대, 태울래?

난희 (미소 지으며) 담배 연기는 뱃속 '태아'에게 해롭다면서?

미영 흥응, 알뜰살뜰이구나. 그러나저러나, 언니는 니년이 걱정
스럽다! 휴우… (긴 담배 연기)

이때 포주아저씨가 방문을 드르륵 열어젖히고, 서슬 시퍼렇게 등장.

포주 (뱉듯이) 난희야, 보따리 싸그라! 당장 보따리를 싸요. 아무
래도 안 되겠다. 난희 널 '동두천'으로 보내야쓰겠다. 너하

고 우리는 한 집안에서 같이 살 형편이 못돼요. 동두천으로 가!

미영　서울 북쪽에 있는, 쩌어- 동두천이오?

정자　'동두천'은 코쟁이들이 주둔하고 있는 곳 아니에요? '양갈보' 동네!

포주　그렇고말고. '양공주촌'(洋公主村)으로 떠나거라.

난희　… (방바닥에 무너지듯 엎드린다. 암전)

서울역을 떠나는 열차바퀴 소리 멀리 사라지고, 기적소리 크게 운다. (암전)

(동두천 '미군부대'의 한 병원)

앰블런스의 싸이렌 소리 크게 울리고, 수술실의 병상에 난희가 죽은 듯이 누워있다. 곁에는 링거 주사병과 의료설비.

하얀 가운을 입은 흑인장교 군의관과 백인 간호병이 손짓으로 대화중…

간호병　우리 부대 '캠프 파이프(5)'의 철조망 밖 도로변에, 이 젊은 여자가 쓰러져 있었습니다. 우연히 지나는 길에 발견했습니다. 얼굴은 하얗게 사색(死色)이 되었고, 하반신은 피까지 흘리면서…

군의관　'굿락'(Good luck)! 금일 착한 일을 했네. 시간을 놓쳤으면 큰일 날 뻔했어요. 젊은 여자가 임신 중이었다.

간호병	아니, 그렇다면?
군의관	자초지종, 원인은 몰라요. '자연유산'이다. 자연유산!…

(환청 – 목소리)

윤호	난희야, 내 아기 하나 낳을래? 딸도 좋고 아들도 좋고.
난희	내가요? 호호.
윤호	임마, 나는 3대독자야. 니가 애기를 가지면 복 받는 거다!
난희	미영 언니 말대로, '하늘같이 높은 대학생'과 나같이 천한 인간과?
윤호	하늘같이 높다고? 허허. 누구나 없이, 인간은 고귀할 뿐이란다!
난희	요즘에, 대학 친구들은 왜 여기 안 와요?
윤호	그놈들, 딴 곳으로 방향타를 돌린 모양이지? 종로 비원(祕苑)이 있는 저쪽에 '종삼'(종로 3가)으로. 나 같은 놈은 난희에게 일편단심(一片丹心), 남원의 성춘향 같은 굳은 절개이고 말씀이야. 허허.
난희	(애교스럽게) 감사합니다! 차윤호 대학생님, 예뻐요. 호호. (암전)

난희	(해설) 지금 보셨다시피, 나는 동두천으로 팔려갔습니다. 포주끼리 연락이 닿아서, '양공주'로 변신한 것이지요. 그러고 어느 날 자연유산이 되고 말았습니다. 저는 슬프거

나 섭섭하지도 않았으며, 그냥 요년의 사주팔자려니 하고 받아들였다고나 할까요? 그런데 나의 운명이 백팔십도로 또 한번 바뀌게 되었습지요. 아까 나를 살려준 그 군의관 흑인장교와 천생연분(天生緣分)이 닿아서인지 그의 아내가 되었고, 그 사람이 한국 복무기간을 마치자 그를 따라서, 수륙만리 미국 남부의 뉴올리언스(New Orleans)로 옮겨 살게 된 것입니다. 뉴올리언스는 '재즈음악'의 발상지로 더욱 유명하지요. (흑인아들이 미소를 머금고, 서류봉투를 들고 다가온다) 그래요. 한 가지 사실을 더 말씀해야겠군요. 여기 이, 내 앞에 서 있는 미국인 신사는 나의 친아들입니다. 짐작하시겠지만 저는 자식을 낳을 수 없는 '석녀'(石女)의 몸이 되었으며, 이를 익히 알고 있는 남편은, 톰이 갓난아기였을 적에 양자로 입적해서 오늘날에 이르게 된 것입니다. 우리 톰은 이 늙은 어미에게는 너무너무 '효자'(孝子)랍니다! 호호. (그가 관객에게 가볍게 목례한다. 그리고 봉투를 열어 보이자, 그녀는 책 두 권을 꺼낸다) 요롷게 누렇게 빛바래고 떨어진 책 두 권. 『황순원단편집』과 이범선의 「오발탄」이 들어있는 『사상계』 잡지! 나는 다이아몬드 귀중품이나 무슨 가보(家寶)처럼 아끼고 또 아끼고, 현재까지 보관해 왔습니다. 그것은 우리 한국말을 내가 잃어버리지 않기 위해서, 때때로 이 소설들을 읽어봄으로써 큰 도움이 되기도 했습지요. 지난 세월에 황순원의 「소나기」 「독짓는 늙은이」 같은 작품이 영화화되기도 했습니다만, 나의 기억으로는 4

101

· 19 이듬해에 「오발탄」 소설이 영화화 돼서 큰 인기를 끌었습니다. 나는 '동두천극장'에서 군의관 남편과 나란히 앉아 그 영화를 관람했었는데, 그 시절의 스타 배우들이 총망라 돼있었습니다. 가난한 주인공에 김진규, 배가 만삭이 된 마누라는 문정숙, 상이군인 동생에 최무룡 등등… 사람의 한평생이란 참으로 얄궂고, '미아리고개'도 많은가 봅니다. 과거 시절의 추억은 아름답고 소중한 것! 기쁜 일이든지, 슬픈 사연이든지. 그러고 보니까 4·19도 한 개의 꿈이었는지 모릅니다. 오늘날까지 한국사회가 거쳐 온 세상을 볼작시면 4·19 이듬해에 5·16쿠데타가 발생함으로써 '4·19정신'이 완전히 묻혀 버렸고, 그러고 전라도 광주의 5·18민주화운동을 거쳐서 다시 정치군인들에 의한 12·12사태, 또 어느 해인가는 6·10민주항쟁 등등, 수많은 넘어야 할 '미아리 고개'같이 말입니다. 그 시절에 나의 꿈도 봄꿈이었으며, 4·19 역시 하나의 '춘몽'(春夢), 봄꿈이 되고 말았습지요! 호호.

두 모자는 다정히 손 잡고 무대를 구불구불 돌아서,
수유동의 '국립4·19묘지'에 다다른다.

종장

(영상) 서장의 '國立四一九墓地' 전경.

그들은 어느 '○○○ 墓' 앞에 경건히 묵념하고, 난희는 그 곁에 앉는다.

그녀가 핸드백의 담배를 꺼내서 입에 물자, 흑인아들이 라이터 불을 켜준다.

담배 연기를 시원하게 내뿜는다.

난희   (혼잣말로) 어떤 안경 낀 점쟁이 영감님이, 내 인생의 '후분'이 좋대나? 차윤호 대학생의 생사를 몰라서 애타게 찾고 있을 적에 말이다. 지내 놓고 보니까 그 '점괘'가 들어맞은 셈이지? 이처럼 장성한 아들이 늙은 어미를 든든하게 지키고 있으니까 말야!

아들   Thank you, Mamma! (사이) 맘의 친구, 그 여자들은 살아 있을까요?

난희   안 죽었으면 나만큼 늙어 있겠지. 미영 언니는 나보다 5년이 많았고, 정자 가시내는 세 살이 밑이었으니까.

아들   그 포주아저씨 부부는요?

난희   나는 그 사람들을 원망하지 않는다. 그들도 먹고 살자니까, 동두천으로 나를 팔아버린 게야. 그곳에 흘러가지 않

왔다면, 내가 어떻게 너의 파파와 인연을 맺을 수 있었겠
냐? 호호. 그보다는 어린이 순철이가 공부도 잘하고 똑똑
했는데, 동생 순실이랑 훌륭한 시민이 되었기를 바랄 뿐
이다.

아들 우리 마마의 꿈과 소망대로 성공했을 겝니다. 허허.

(영상) 흰나비가 날아와서 그녀의 어깨에 앉는다. 훨훨 날갯짓…

아들 흰나비가 또 날아왔군요.

난희 가만둬라. 그 대학생님의 혼령인 게야!

아들 허허… (흥미있게 바라본다. 사이)

난희 자- 늙은 어미의 손을 잡아다오?

아들 예에. (그녀의 양손을 잡아 일으켜 세운다)

난희 아이고, 아이고… 고맙다! (묘지를 돌아보면서) 차윤호 대학
생님! 그대를 위해서 춤 한번 출까요? (두 팔을 들어 사뿐히 춤
추는 모양새, 노랫가락) "인생일장 춘몽인디 아니 놀지는 못하
리라. 에헤이야, 니나노…"

아들 (박수) 짝짝짝… Bravo, Bravo. Wonderful!

난희 호호…

아들 우리 맘, 소원풀이 하셨네요. 하하.

난희 Very good! 그럼 그럼.

아들 (그녀의 손을 잡아주며) 그만 내려가시죠. 내일은 또 장거리,
아메리카 여행을 해야 할 테니까.

난희   그러자꾸나. 미국 집으로 돌아가야 하구말고, 우리는…

두 사람, 손잡고 무대를 한 바퀴 돌아서 무대 앞쪽 관객 가까이서 호리전트를 바라본다.

(영상) 흰나비 한 마리가 흰구름이 흘러가는 창공으로 날아간다. 푸른 하늘 속으로 높이높이 멀리멀리, 훨훨 〜〜 두 사람, 양손을 치켜들고 흔들흔들 그를 전송한다. 은은히 〈가고파〉의 멜로디가 울려 퍼진다.

난희   (목소리) "하늘같이 높은 대학생! 이승에서 고단한 꿈을 접으시고, 하늘나라에서 꿈과 평화와 행복을 누리소서!…

이윽고, 인천국제공항의 활주로를 이륙하는 국제여객기의 굉음 〜〜

천천히 막 내린다.

– 끝 –

죽을 때까지 이 걸음으로 : 「自撰墓誌銘」

노경식은 극작가로서 호는 노곡(櫓谷), 당호는 히정당(下井堂), 본관(本貫)은 황해도 해주 풍천(海州豊川). 세종조 대사헌 송재 숙동(松齋叔仝)의 17세손이고 신고당 우명(信古堂友明)의 15세손이다. 우명은 경암 희(敬菴禧)와 옥계 진(玉溪禛) 두 아들을 두었는데, 큰아들 희가 경식의 14대조 할아버지이다. 희의 아우 진은 명종조 문신으로 청백리(淸白吏)에 녹선되었고 시호는 문효(文孝公).

일찍이 8대조 숙(俶) 할아버지가 경남 함양(咸陽)으로부터 전북 남원(南原) 고을에 넘어와서 세거를 이루었는데, 교룡산성(蛟龍山城) 아래 '조리고개'(造理峴) 묘사(墓祠)는 그 할아버지를 모신 곳이다. 고조할아버지 광진(光鎭, 배필 全州李氏)이 외아들 남수(南壽, 배필 仁同張氏)를 낳았다. 남수 증조할아버지는 3형제 응현(應鉉) 종현(宗鉉) 주현(柱鉉)을 낳았는데 큰아들 응현이 삼가독자(三家獨子) 해근(海根)을 두었으며, 해근은 무녀독남(無女獨男)의 2대독자 경식을 낳았다. 경식의 생년은 1938년(戊寅) 음력 7월 14일(양력 8월 9일) 辰時生.

웅현 할아버지의 배필은 창녕성씨 원식(昌寧成氏元植)으로 곡성(谷城) 태생이며, 아버지 해근의 배필은 장수황씨 후남(長水黃氏, 아버지 京魯)으로 남원 출생이다. 아버지 해근은 갑인생(1914)으로 무자년(1948, 34세)에 남원읍 하정리(洞) 본가에서, 어머니 후남은 무오생(1918)으로 정묘년(1987, 69세)에 서울특별시 관악구 신림동 251-145호(本籍)의 본가에서 각각 병사하였다. 할아버지 兩主(合葬) 및 아버지 내외 묘소(双墳)는 남원시 노암동 산 224번지이다.

노경식의 아내(室人)는 경주최씨 수로(慶州崔氏水路, 아버지 光鎭) 계미생(1943년 음력 11월 15일(양력 12월 11일) 戌時)으로 1966년 5월 27일 서울에서 혼인식하였고 석헌(石軒), 석지(石芝), 석채(石採) 등 2남 1녀를 두었다. 큰아들 석헌은 정미생(1967년 9월 28일, 음력 8월 25일 子時)으로 건국대학교 항공우주공학과(工學士)를 졸업하고, IT 관련 『Fantaplan』(대표)을 경영하고 있다. 고명딸 석지는 기유생(1969년 6월 19일, 음력 5월 5일 丑時)으로 한림대학교 중국학과(文學士) 졸업 및 고려대 경영대학원 MBA학위를 취득하고, 화장품업체 『Enhance B』 대표이사 사장. 작은아들 석채는 신해생(1971년 6월 9일, 음력 5월 17일 亥時)으로 단국대학교 연극영화과(文學士)를 졸업, 「국립극단」 정단원(12년) 등 연극배우로 활동하고 있다.

큰아들 석헌은 김선주(慶州金氏善珠 1975년 乙卯 음력 10월 13일 卯時生)와 결혼, 친손녀 윤지(胤芝 2016년 9월 27일 丙申 8월 27일 吾時生)를 낳았다. 작은아들 석채는 이은옥(全州李氏恩玉 1972 壬子 10월 5일)과 결혼, 딸 윤아(胤娥 2007년 7월 31일 丁亥 6월 18일 酉時生)와 아들 윤혁(胤赫 2009년 9월 1일 己丑 7월 13일 寅時生)을 낳았다. 고명딸 석지는 태준건(文學博士, 永順太氏埈建 1967년 丁未 8월 11일 辰時生)과 재혼, 아들 현진(炫璡 2005년 6월 17일, 미국 LA. 출생 RYAN ROH)과 딸 윤진(胤璡 2007년 8월 18일 丁亥 7월 6일 寅時生, 미국 LA. 출생 CHRIS ROH)을 두었다. 또 석지는 첫남편 박범우(朴凡雨 陸軍大領)와 사이에 장녀 박가운(朴嘉沄 1997년 4월 11일 丁丑 3월 5일 申時生)을 낳았다.

『문학의 집·서울』-'수요문학광장'에 발표한 「작가의 말」 및 연극사학자 유민영 교수의 「노경식 극작가론」을 옮겨 싣는다.

1) 「죽을 때까지 이 걸음으로」

나의 서울 생활은 올해로 꼬박 52년이다. 전라도 '남원 촌놈'이 1950년대 말, 아직은 6·25전쟁의 상흔과 혼란이 채 가시지 않은 암담한 시절에 청운의 뜻을 품고 서울까지 올라와서 대학에 들어가게 되었다. 그것도 문학예술과는 아예 먼 거리의 경제학과에 입학하였다가 어찌어찌 졸업이라고 하고는 그냥 낙향해서 2년간의 하릴없는 룸펜생활. 그러다가 시골 구석에서 어느 신문광고를 우연찮게 대하고는 또 한 차례 뛰쳐 올라와 가지고 남산 언덕배기에 자리잡은 '드라마센터 연극아카데미'(극작반, '서울예술대학교' 전신)에 무작정 발을 들여놓은 것이 노경식의 오늘날 My Way이자 촌놈 한평생의 팔자소관(?)이 된 셈이다.

어린 시절, 나의 고향집은 읍내 한가운데 '하정리 83번지'에 있었다. 곧 남원읍에서는 제일 번화한 곳으로 잡화상 가게와 여러 가지 음식점, 중국집, 그리고 하나밖에 없는 문화시설 '南原劇場'도 거기에 있었으며, 몇 걸음만 더 걸어가면 시끌벅적한 장바닥(시장통)과 「춘향전」으로 유명한 '廣寒樓'의 옛건물 역시 지척에 있었다. 일 년에 한두 차례 울긋불긋 포장막으로 둘러치고 밤바람에 펄럭이는 가설무대로 온 고을 사람들을 달뜨게 하는 곡마단(써어커스) 구경을 빼고 나면, 남원극장에서 틀어주는 활동사진(영화)과 악극단의 '딴따라공연'만이 유일한 볼거리요 신나는 오락물이다. 그러고 매년 4월 초파일에 열리는 향토의 민속놀이 『남원춘향제』 때면 천재가인(天才歌人) 임방울과 김소희 선생 등을 비롯해서 판소리 명창과, 전국에서 몰려오는 난장판의 오만가지 잡인과 행색들. 신파극단의 트럼펫 나팔소리가 〈비 내리는 고모령〉이나 '울려고 내가 왔던가 웃으려고 왔던가/ 비린내 나는 부둣가에 이슬 맺은 백일홍--' 하면서 애절하고 신나게 울려 퍼지는 날이면, 어른 코흘리개 새끼들과 부녀자, 늙은할멈 젊은처녀들 할 것 없이 달뜨지 않은 이가 뉘 있었으랴! 아마도 그런 것들이 철부지 노경식으로 하여금 위대한 연극예술과의 첫 만남이 되었으며, 또한 내 핏줄과 영혼 속에 알게 모르게 접신(接神)의 한 경지가 마련된 것이 아니었을까하고 자문자답해 본다.

어쨌거나 희곡문학과 연극예술에 몸 담은 지 어언 반백년을 헤아리는 세월! 나는 연전에 〈노경식연극제〉(舞天劇藝術學會 (대구) 2003)에서 피력한 소회의 일단을 이에 재언하고자 한다. "지금까지 내가 써온 극작품을 뒤돌아보니, 무대공연에 올려진 희곡이 장

·단막극 모두를 합쳐서 30여 편에 이른다. 이들 가운데서 '쓸 만한 작품'이 몇이나 되고, 장래에까지 건질 수 있는 물건(?)은 얼마나 될까? 사계 여러분과 관객한테서 과분한 평가를 받은 작품이 그래도 5, 6편은 되는 것도 같은데, 그 같은 평가들이 과연 먼 훗날까지도 이어갈 수 있겠으며, 우리나라의 한국문학과 연극예술 발전에 작은 보탬이라도 될 수 있는 것일까? 허나 어찌 하랴! 워낙에 생긴 그릇이 못나고 작고 얕으며 대붕(大鵬)의 뜻이 미치지 못하는 바에야, 죽을 때까지 이 걸음으로 걸어가는 수밖에--"

돌이켜보면 40여 년을 연극계에 몸담고 창작해 온 셈이다. 일찍이 1965년 서울신문사 신춘문예에 단막물 〈칠새〉를 갖고서 사계에 얼굴을 내민 등단 처지였으니까, 올해로 딱히 2년이 모자라는 40년 세월이다. 그동안 나는 먹고살기 살기 위해 15, 6년간의 출판사 편집쟁이 생활을 겹치기하면서, 그리고 TV특집극과 라디오드라마 집필을 이따금씩 빼고 나면, 오로지 극예술의 순수희곡 창작에만 매달렸던 꼴이다. 그러고 보니까 그 고단하고 힘든 집안 살림을 큰 불평 한마디 없이 다소곳이 잘 살아준 마누라가 미쁘고 감사하며, 그런대로 크게 비뚤어지지 않고 성장해 준 세 명의 자식새끼들이 장하고 대견할 뿐이다. (2010-07-21)

2) 한국 리얼리즘 연극의 제4세대 대표작가

우리 희곡사나 연극사를 되돌아보면, 대략 10년 주기로 주역들이 바뀌고 따라서 역사도 변해왔다는 점을 발견하게 된다. 1930년대의 유치진을 시작으로 하여 1940년대의 함세덕, 오영진, 1950

년대의 차범석 하유상, 그리고 1960년대의 노경식, 이재현, 윤조병, 윤대성 등으로 이어지는 정통극, 이를테면 리얼리즘 희곡의 맥이 형성되었음을 알 수 있겠다. 그렇게 볼 때, 노경식이야말로 제4세대의 적자(嫡子)로서 우뚝 서는 대표적 작가라고 평가하지 않을 수 없다.

노경식의 데뷔작 〈철새〉(1965)에서부터 초기의 단막물 〈반달〉(月出)과 〈격랑〉(激浪)에서 보면 그는 대도시의 뿌리 뽑힌 서민들이나 6·25전쟁의 짓밟힌 연약한 인간군상을 묘사함으로써, 그의 첫 번째 주제는 중심사회에서 밀려나 초라하게 살아가는 민초에 대한 연민과, 따뜻한 그의 인간애가 작품 속에 듬뿍 넘쳐난다. 두 번째는 역사에 대한 성찰이라고 할 수 있겠는데, 권력층의 무능과 부패로 인한 민초들의 고초와 역경을 묘사한 작품군(群)이다. 그의 작품들 중 대종을 이루고 있는 사극의 시대배경은 삼국시대부터 고려시대, 조선시대 그리고 근현대까지 광범위하다. 삼국시대에는 주로 설화를 배경으로 서정적 작품을 썼고, 조선시대부터 정치권력의 무능에 포커스를 맞추더니 근대 이후로는 민초들의 저항을 작품기조로 삼기 시작했다. 그런 기조는 현대의 동족상잔과 군사독재 비판으로까지 확대되었다. 세 번째로는 고승들의 인생과 심원한 불교의 힘에 따른 국난극복의 과정을 리얼하게 묘파한 〈두 영웅〉과 같은 작품들이다. 네 번째로는 그의 장기(長技)라 할 애향심과 토속주의라고 말할 수가 있을 것이다. 〈달집〉〈소작지〉〈정읍사〉 등으로 대표되는 그의 로컬리즘은 짙은 향토애와 함께 남도의 서정이 묻어나는 구수한 방언이 질펀하게 드러난다.

그러나 무엇보다도 그가 돋보이는 부분은 리얼리즘이라는 일관된 문학사조를 견지하고 있다는 분명한 사실이다. 대부분의 많은 작가들은 시대가 바뀌고 감각이 변하면 그에 편승해서 작품기조를 칠면조처럼 바꾸는 것이 상례이다. 그러나 노경식은 우직할 정도로 자신이 신봉해 온 리얼리즘을 금과옥조처럼 고수하고 있는 것이다. 물론 그 역시 뮤지컬 드라마 〈징게맹개 너른들〉에서 외도한 것처럼 보였지만 그 작품도 자세히 살펴보면 묘사방식은 지극히 사실적임을 알 수가 있다. 그가 우리나라 희곡계의 제4세대의 대표주자로서 군림하고 있는 이유도 바로 그런 고집스런 작가정신에 따른 것이라고 말할 수 있겠다.

— 2016 노경식 등단50주년
　기념 대공연 〈두 영웅〉에 부쳐

살아있는 작가정신과 지성적인 소재의 작품

서언호 (고려대학교 명예교수)

　극작가 노경식(1938~)의 신작 〈봄 꿈〉과 〈세 친구〉가 발표되었다. 신춘문예 희곡 〈철새〉(1965)가 수록된 제1희곡집(연극과인간, 2004) 출간에 이어, 지난 15년 동안 꾸준히 계속된 희곡집 정리의 결과로 제8희곡집(도서출판 행복에너지, 2019.10)에 이르렀다. 아직 온기가 그대로 남아있는 이 희곡집에 두 신작이 수록되었다. 자기 희곡집 한 권 남기지 못한 채 작고한 지난 시대의 숱한 극작가들에 비하면, 노경식은 여덟 번째의 작품집을 낼 만큼 풍요로운 시대의 작가인데다 무척 부지런한 노력형 창작가라 할 수 있다. 〈철새〉의 관람을 시작으로 최근의 〈반민특위〉(2017) 관람에 이르기까지 그와 동시대를 지내 온 필자로서는, 그의 지극한 노력에 경의를 표하고 아울러 그의 뚝심 있는 예술정신을 소중하게 평가한다. 최근 우리 극작계에서 노경식 같이 견실하고 순직한 창작을 찾아보기 어렵다는 측면에서 그의 존재는 더욱 돋보이고 있다.

113

봄꿈에 대한 우리의 이미지는 온몸이 나른한 상태의 몽환 같은 허전한 느낌과 새로운 각오와 새 출발을 다지는 의지의 힘이다. 추운 겨울이 지나면 한반도에 봄이 찾아온다. 겨우내 떨며 움추렸던 몸은 따뜻한 온기에 긴장이 풀어지며 자신도 모르게 졸음이 몰려온다. 그리고 아지랑이 속에서 사람들은 행복한 몽환에 빠지게 된다. 문득 한바탕 봄잠을 깨고나면, 주위의 약동하는 온갖 자연과 생물들의 신기운에 뒤질세라 사람들은 신바람을 느끼며 갑자기 일에 대한 의욕을 느끼게 되는 것이다. 이것이 우리가 봄을 맞으며 출발하는 삶이다.

〈봄 꿈〉에는 이런 이미지가 녹아들어 있다. 미국에서 양아들을 대동하고 서울 수유리의 4·19묘지를 찾아 온 노부인 난희는 마지막 장면에서 자신을 반기는 흰나비를 만난다. 그녀는 흰나비를 60년 전 대학생 연인 차윤호의 혼령과 동일시하며, 그를 위해 한바탕의 춤을 춘다. 그리고 일생을 그리며 품었던 소망을 말한다. "하늘같이 높은 대학생! 이승에서 고단한 꿈을 접으시고, 하늘나라에서 꿈과 평화와 행복을 누리소서!" 그녀는 비행기를 타기 위해 다시 인천국제공항으로 발길을 옮긴다.

〈봄 꿈〉은 난희의 회고담을 통해 재현되는 연극이다. 전형적인 플래쉬 백 사실극이다. 희귀하게도 4·19 학생혁명을 배경으로, 그당시의 사회와 대학생 윤호와 창녀였던 난희의 상황을 중심으로 엮어가는, 젊은 세대의 투지와 사랑을 그렸다. 희귀하다는 지적은, 4·19를 다룬 작품으로 이용찬(1927~2003)의 〈젊음의 찬가〉(1962) 이외에 필자는 아는 작품이 없는 까닭이다. 윤호와 난희의 처지를 동시대적인 전형적 성격으로 부각시킨 것이 이 작품의 신선미라 할 수 있다. 흔히 대학생과 창녀의 사랑이라고 하면, 지난날 낭만적인 신파조를 연상하는 것이 우리의 실정이다. 그러나 이 작품에서 두 사람은 주어진 사회현실에 적응하며, 한편으로는 저항하며 진실하게 젊음을 발산한다. 윤호는 데모 도중에 경찰의 무차별적 총기발사로 쓰러졌고, 난희는 서울역 건너 양동의 창녀촌에서부터 동두천의 양공주 생활을 거쳐 미국인과 국제결혼 한 여자이다.

윤호의 죽음을 뒤늦게 알고 난 뒤에 난희는, 자신이 그의 아이를 잉태한 사실을 느낀다. 주위 사람들은 창녀에게 '아이라니?' 하며, 낙태를 권유한다. 그녀는 한사코 아이를 낳고 싶어 한다. 그러던 어느 날, 그녀는 동두천 거리에서 실신하고 자신도 모르게 낙태를 하고 만다. 그 후, 그녀는 다시는 아이를 낳을 수 없는 석녀가 되어 미국에 이주해 양자를 키우게 된다. 흑인 장교 남편과 흑인 양자가 한 가족을 이룬 가정, 그것은 인종을 넘어선 인류 가족의 휴머니즘을 드러낸다. 〈봄 꿈〉은 어둡고 험난했던 시대를 배경으로 창녀촌의 일그러진 생태와 정치적인 구호가 난무하는 연극이지만, 시종일관 진솔한 서민들의 삶과 따뜻한 인간애를 껴안고 있는 작가의 태도로 말미암아 인간과 사회에 대한 희망을 도처에서 감지하게 하는 새로움이 발견된다.

〈세 친구〉는 박석·김이섭·유동진 등을 중심으로 전개된다. 이 세 사람은 모두 1905년 출생으로 동갑이다. 박석은 1930년대 후반 동양극장을 무대로 활동했던 박진(1905~1974), 김이섭은 한때 극예술연구회에서 연극활동을 했던 김광섭(1905~1977), 유동진은

극예술연구회로부터 1960년대 드라마센터를 주도했던 유치진 (1905~1974) 등 실존인물을 각각 비유한 등장인물이다. 작가에 의해 다소 창작된 측면이 있기는 하지만, 실존인물의 과거사가 거의 사실대로 응용된 역사 기록극이라 할 수 있고, 이런 측면에서 일제강점기의 사회사나 연극사에 관심이 있는 연극관객들에게는 더욱 흥미를 끌게 하는 작품이다.

장황하게 뜸 들일 것 없이, 이들의 행위를 통해 일제 말기의 문화통제 상황을 구조적으로 재현하고, 연극인들의 친일행각(특히 유치진)을 적나라하게 밝혀내려 한 점에 작가의 의도가 들어있다. 한마디로 75년이 경과한 이 시점에서 친일문제를 공개적으로 비판하려는, 냉엄한 작가정신을 구현했다고 요약할 수 있다. 극작가 이재현은 〈선각자여〉(1985)를 통해 이광수의 친일문제를 다룬 적이 있었는데, 〈세 친구〉는 연극계에서 이광수의 역할을 자행했던 유치진의 친일문제를 거의 분석적으로 새롭게 조명함으로써, 오늘날의 우리에게 잊혀진 상처의 아픔과 가슴 서늘한 반성을 불러일으킨다.

기록극은 브레히트식 서사극의 한 양식으로서, 관객의 적극적인 참여적 관찰과 비판을 전제로 한 연극이다. 이런 관점에 무관심한 사람들에게 기록극은 온당하게 가치를 평가 받지 못한다. 〈세 친구〉는 매우 특수한 작품이라 할 수 있고, 김광섭과 유치진의 경우에는 일제강점기 그들이 발표한 글이나 작품활동 자료를 그대로 인용 소개하고 있어, 정밀한 검증 관찰과 심도 있는 감상을 동반하지 않고서는 작품의 전체상을 이해하기 어렵다. 다만, 박진의 경우는 작품을 주도하는 주인공으로서 인물로 부각된 점이 현실감을 느끼게 하고, 작품에 생동감을 불어넣고 있다.

작가는 이 작품을 창작하기 위해 적지 않은 관련 학술자료를 독파한 것으로 밝혔다. 뿐만 아니라, 동시대의 상황을 노래·낭독·판토마임·그림·영상·포스터·의상·효과음·영상, 특히 대조적인 장면 영상 같은 것을 통해 장면의 사실성과 이미지를 표현하고자 했다. 이러한 노력은 작품의 구조화에 크게 기여한 것으로 드러난다.

『식민지시대의 친일연극』(태학사, 1997)이라는 저서를 집필한 바 있는 필자로서는, 현시점에서 친일문제를 논의하는 것이 얼마나 어려운 작업이자 실천적 정신인지를 절감하고 있다. 이 문제는 비단 일제강점기에 국한되는 것이 아니라, 어느 시대, 어떤 정치적 상황에도 상관되는 개인의 주제적 삶과 사회적 역할의 문제와 직결되는 과제인 까닭이다. 작가 노경식에게도 이 문제는 예외일 수 없다. 75년이 경과된 지금, 친일파를 몇 사람 비판했다고 통쾌해 하거나 '성과 운운'할 처지가 아니다. 우리 모두는 독립투사의 자손도 아니다.

이런 여러 가지 국면을 고려하더라도 〈세 친구〉의 연극사적 의의는 분명하고 아울러 창의적이다. 개인적으로 작가적 정신이 살아있음을 방증하는 작품인 동시에 연극계로 보더라도 이렇게 지성적인 창조정신이 극작계에 빛나고 있음을 입증하는 실천적 작품이기 때문이다.

— 제8희곡집 『봄 꿈·세 친구』(2019) 중에서

역사의 심연에서 길어올린 자기 성찰의 연극세계

박영정(한국문화관광연구원 선임연구위원)

노경식 작가의 여덟 번째 희곡집『봄꿈 · 세 친구』가 세상에 나왔다. 1965년 희곡〈철새〉로 등단한 지 50년이 훌쩍 넘었으니 그가 작가로 활동한 기간만 해도 여느 사람의 한 생에 이른다. 널리 알려져 있다시피 그의 작품 세계는〈달집〉(1971)으로 대표되는 사실주의 희곡의 지속과 지평 확대에 있다.

이번 희곡집에 실린 네 편의 작품은 모두 역사극이라는 특징이 있지만, 어느 작품에서나 사실주의 극작술은 변함없이 이어지고 있다. 아카이빙한 영상 자료를 활용하여 작품의 박진성은 더욱 강화되었다. 최근에 선보인 그의 역사극은 사실적 접근만 아니라 명징한 역사의식으로 역사적 해석에 깊이를 더욱 보여주고 있다.

〈봄꿈〉은 4 · 19혁명 시기 한 청춘 남녀의 가슴 아픈 사랑 이야기를 그리고 있다. 서울역 앞 양동의 사창가 '창녀'와 4 · 19에서 희생된 '남자 대학생' 두 남녀 간의 애틋한 사랑 이야기 속에, 당대의 사회상을 다층적으로 펼쳐 보이는 이 작품은 '봄꿈'의 제목처럼 아름답지만 처연한 슬픔을 안고 있는 봄꽃과 같은 청춘 사랑을 그리고 있다. 민주주의를 파괴하는 야만과 혼돈의 시대를 순수하기 그지없는 청춘의 사랑과 대비시키고 있다. 여러 가지 수많은 영상자료들(일부는 당대 자료 아카이브, 일부는 재현 영상)을 무대 위 사건들의 사실성을 강화하는 장치로 활용하고 있다.

〈봄꿈〉이 다루고 있는 4·19혁명은 작가 노경식에게는 작가정신이 저장된 무의식의 깊숙한 심연 같은 곳이다. 등단 이후 50여 년간 무언가를 향해 끊임없이 달려왔던 노경식 작품의 출발점이자 모태와 같은 세계이다. 그러한 의미에서 〈봄꿈〉은 단순한 역사극이 아니다. 남원 출신 대학생 '차윤호'와 마산 출신 창녀 '난희'의 사랑은 남원 출신으로 마산 땅에서 3·15 부정선거 반대 시위에 참여하다가 희생된 김주열 열사의 표상이자, 남원 출신 작가로 근대현대사의 질곡을 온몸으로 담지해 온 작가 자신의 인생이 응축된 원형의 세계 표상이라고 하겠다. 70살이 넘어 4·19 묘지 앞에서 선 주인공 난희는 오랜 세월 동안 작품 활동 끝에 비로소 만들어지고 응축된 노(老)작가의 여성화된 자아이다. 남성 작가의 여성 서사가 가질 수 있는 위태로움 속에서도 당당한 내적 주체로 그려진 난희의 형상화는 극작가 노경식이 지닌 인간 이해의 완숙미를 보여주는 것이기도 하면서 새로운 사실주의의 시작을 알리는 원점이기도 하다.

〈세 친구〉는 일제강점기 '대동아전쟁'(태평양전쟁) 시기에 총후정신(銃後精神)을 외치는 이른바 「국민연극」으로 불리는 시대의 질곡과 아픔을 우리의 연극무대 위에 불러내고 있다. '친일문예 적폐청산을 위한 해원굿'이라는 부제가 말해 주듯이 〈세 친구〉 희곡은 작가를 포함한 우리들의 한국연극계가 애써 눈감아 왔던 반민족 친일연극의 역사와 진실을 적나라하게 재현하고 있다. 작품에서는 을사년(1905) 생 연극인 유동진, 김이섭, 박석의 세 친구를 주요인물로 내세우고 있다. 그러나 이들 '세 친구' 외에 당대 거의 모든 문학 예술인들을 줄줄이 소환하여, 8·15 민족해방 당시 그 시점에서 그들은 과연 가기 어디에서 무슨 짓을 하고 있었느냐고 작가는 되묻고 있다. 마치 역사 기록화 같은 사실적 재현, 역사의 재구성을 통해서, 〈세 친구〉는 그 참담하고 왜곡된 역사의 현장에다가 오늘의 우리들을 끌어다놓고 정면으로 바라보게 만든다. 우리를 강제로 '시대의 목격자'로 만들어내는 접근방식은 작가 노경식이 짊어진 역사적 숙명을 털어놓기 위한 '장대한 의식' 같은 것인지도 모른다. 이는 을사년 생 문학예술 선배들에게 대한 역사적 비판이라기보다는 자신을 포함한 우리 연극계를 정화하기 위한 한 판의 씻김굿이자, 오늘의 한국연극과 후배세대를 향한 작가 세대의 속죄의식에 가깝다.

노경식 제8희곡집 『봄꿈·세 친구』는 〈봄꿈〉(春夢)과 〈세 친구〉 외에 〈두 영웅〉과 〈반민특위〉 두 편의 역사극이 함께 상재되어 있다. 노경식은 이 네 편의 역사극을 통해서 이 시대 연극예술이 혜

쳐 나아가야 할 역사적 책무를 자신의 삶에 대한 성찰 속에 그려냄
으로써 심화된 리얼리즘의 세계를 보여 준다. 요즈음 일본의 수출
규제 국면에서 한일관계에 대한 재인식이 이루어지고 있는 현하,
친일연극의 청산이라는 생경한(?) 주제를 심도 있는 성찰과 역사의
식으로 접근하는 노경식 희곡의 가치를 새삼 확인하게 된다. 그가
펼치고 있는 역사의 현장과 장면들을 따라가다 보면, 우리는 닫힌
역사의 심연에서 역사적 진실을 길어 올리는 자기 성찰의 연극세
계를 확실히 만나게 될 것이냐.

―『한국연극』11월호(2019)

『노경식희곡집』 총목록 (전8권)

■제1권 '달집'
1. 철새 (단막) — 1965
2. 激浪 (단막) — 1966
3. 달집 (3막4장) — 1971
4. 징비록 (2부9장) — 1975(공연)
5. 黑河 (10장) — 1978

■제2권 '정읍사'
1. 小作地 (3막5장) — 1979
2. 塔 (2막8장) — 1979
3. 父子 (단막) — 1979
4. 하늘보고 활쏘기 (1인극) — 1980
5. 북 (3막11장) — 1981
6. 井邑詞 (12장) — 1982

■제3권 '하늘만큼 먼나라'
1. 오돌또기 (10장) — 1983
2. 불타는 여울 (8장) — 1984
3. 삼시랑 (총체연극) — 1985
4. 하늘만큼 먼나라 (3막16장) — 1985
5. 江건너 너부실로 (2막5장) — 1986
6. 萬人義塚 (9장) — 1986
7. 他人의 하늘 (11장) — 1987

■제4권 '징게맹개 너른들'
1. 침묵의 바다 (3막10장, 원제 : '강강술래') — 1987
2. 燔祭의 시간 (12장) — 1989
3. 한가위 밝은 달아 (8장) — 1990
4. 가시철망이 있는 풍경 (2막7장, 공연명 : '춤추는 꿀벌') — 1992
5. 징게맹개 너른들 (뮤지컬) — 1994.

■제5권 '서울 가는 길'
1. 거울 속의 당신 (8장) ― 1992
2. 서울 가는 길 (2막) ― 1995
3. 千年의 바람 (12장) ― 1999
4. 치마 (원제 : '長江日記') ― 2001
5. 찬란한 슬픔 (12장) ― 2002

■제6권 '두 영웅'
1. 〈반달〉 (번안단막극) ― 1965
2. 〈알〉 (2막7장) ― 1985
3. 〈북녘으로 부는 바람〉 (7장) ― 1990
4. 〈반민특위〉 (9장) ― 2005
5. 〈두 영웅〉 (16장) ― 2007
6. 〈하늘도 울고 땅도 울고〉 (10장) ― 2011(新作)

■제7권 '연극놀이'
1. 〈물방울〉(어린이그림동화) ― 1981
2. 〈연극놀이〉(청소년단막극) ― 1984
3. 〈요술피리〉(3막12장 어린이뮤지컬) ― 1987
4. 〈인동장터의 함성〉(이벤트연극) ― 1995
5. 〈상록수〉(11장) ― 1996
6. 〈미추홀의 배뱅이〉(2막9장) ― 2002
7. 〈포은 정몽주〉(11장) ― 2008

■제8권 '봄 꿈 · 세 친구'
1. 〈두 영웅〉 ― 2016
2. 〈반민특위〉 ― 2017
3. 〈봄꿈〉(春夢) ― 2017
4. 〈세 친구〉 ― 2019(총45편)

■노경식산문집
『압록강 '이쁘콰'를 아십니까』(도서출판 동행 2013)

한국 희곡 명작선 101

봄 꿈 (春夢)

초판 1쇄 인쇄일   2022년 11월 1일
초판 1쇄 발행일   2022년 11월 7일

지 은 이   노경식
만 든 이   이정옥
만 든 곳   평민사
          서울시 은평구 수색로 340 〈202호〉
          전화 : 02) 375-8571 / 팩스 : 02) 375-8573
          http://blog.naver.com/pyung1976
          이메일 pyung1976@naver.com
등록번호   25100-2015-000102호
ISBN   978-89-7115-041-2 04800
          978-89-7115-663-6 (set)
정   가   9,000원

이 책은 사단법인 한국극작가협회가 한국문화예술위원회의 2022년 제5회 극작엑스포
지원금을 받아 출간하였습니다.